浅草ルンタッタ

劇 団 ひ と り

幻冬舎文庫

浅草ルンタッタ

赤ん坊が眠っている。

赤ん坊は今、自分が置かれている状況など知る由もない。知っていたとしても、それをまだ感情に表すこともできぬほどに幼い。一歳にも満たないか、生後七ヶ月か、八ヶ月。少なくとも、たった四ヶ月で千代のもとを去ってしまったあの子よりはウンと大きい。首も据わっているようだし、少し癖っ毛の髪も十分に生え揃っている。

赤ん坊は自分の身に起きていることなど、どこ吹く風。折り鶴が描かれた朱色のおくるみに巻かれ、その身に降りかかった災難がまるで他人事のようにお寝んねしている。この子は目の前にいるのに、千代と同じこの世界にいるはずなのに、まるで他のどこか、とおく別の世界にいるように思えた。

赤ん坊は時々、女郎たちの声に反応して瞼をぴくりと動かす。そのたびに起きてし

まうのではないかと冷や冷やするが、そんな千代の気持ちをよそに、

「どうするのさ、これ」

と漬け物石でも見るかのように福子が赤ん坊の顔を覗き込んだ。

福子——本当の名前は別にあるが、いつも大福ばかり食べているので福子と呼ばれるようになり、いつの間にか源氏名もそれになっていた。三度の飯よりも大福が好きというよりかは、そもそも三度の飯そのものが大福である。そのせいか容姿も大福のように丸く膨らんでおり、さらに店に出るときは大福の如く大量の白粉（おしろい）を顔に叩（はた）くので、むしろ自らが大福になろうとしているとしか思えない。しかし、世の男の趣はさまざまで、毎週のように福子をお目当てに通う常連客も少なくない。

「さぁ、どうしましょ」

沢庵か？　野沢菜か？　その漬け物石の使い道を思案するかのように福子の隣で同じく女郎の妙（たえ）が筋張った細い首を傾（かし）げる。

「馬鹿！　どうしましょ、じゃないよ。あんたが拾ってきたんじゃないか」

「だって仕方がないでしょう？　店の前に置いてあったんだから」

「じゃ、なんだ？　あんた店の前に仏像があったら拾ってくるのかい？　馬の糞があ

ったら拾ってくるのかい？」

「拾わないわよ！　馬の糞なんて」

そんな二人の馬鹿げた言い争いを仲裁する者はもちろんのこと、いちいち耳を傾ける者さえこの部屋にはいない。いたとしたら昨日今日来たばかりの新人か、よっぽど退屈をしている人間だけである。

もちろん千代の耳にも届かない。

今だけは仕事を忘れ、過去を忘れ、あかぎれした指先が痛むのを忘れ、ただただ赤子の寝顔を見ていたい。何もわからず、何にも汚されず、ふわふわに降り積もった雪のようなその寝顔を。そうしているだけで千代の体中から力が抜け、温かく柔らかなその雪に包まれるような気がした。

千代が人差し指を赤ん坊の手の平に置くと、赤ん坊がギュッとその人差し指を握った。無論、そこに特別な意思があるわけではない。どの赤子もそうするように反射的に握っているだけである。しかし、千代にはそう思えない。まるで赤ん坊がこの指にすがり、この指を頼っているような気がしてならなかった。一寸先も見えない闇の中、手探りで見つけた、たった一本のこの指。この指だけがこの子にとって暗闇から抜け出すただ一つの方法なのだ、と。

「おいおいおい！　どういうことだよ!?」

赤ん坊の話を聞きつけた信夫が足早にやってきた。慌てすぎて、てろてろに伸びきった靴下が畳を上滑りして転びそうになり、実際に転んだ。床に強打した肘を押さえながら赤ん坊のもとへ行き、困りごとがあるといつもやるように被っていた焦茶色のハンチングをずらして目を覆った。

信夫はここ『燕屋（つばめや）』で女郎たちの管理から客引き、金の受け渡しまで何でもやる世話役だ。もともとは四つ上の兄・兵助（へいすけ）が始めた商売だったが、兵助の本職である彫り師の仕事が忙しくなってきたので、最近は店に出られず、時々手伝いをしていた信夫が自然とその職を引き継ぐ形となった。

職と言えば聞こえはいいが、要は売春の元締めである。

ここ浅草と目と鼻の先にある吉原は遊郭で有名だが、日銭を稼いでその日暮らしをする男たちにとって、大枚を使わねばならない吉原はおとぎ話の世界。日露戦争の大戦景気なぞ皿の底までとっくに舐め尽くしたこの時代、金はないが玉はある、そんな男たちがもっと手軽に遊べるようにと（男が望んだのが先か、女が察したのが先か）

安い金で抱かせる娼婦が現れた。一人、二人、と街角に立つ女は次第に増え、多いときには二千人以上の娼婦が生きていくためにその体を使った。当初は娼婦自身が客引きから金の交渉まで全てやっていたが、そのうち客と揉めたり、娼婦同士の縄張り争いだったりと多くの問題が起き始めた。そこで、彼女らをまとめ、客引きから金の受け取りといった業務まで引き受けて、問題が起きればカタをつけて世話をする売春宿がいくつも湧き出た。燕屋もその一つである。

吉原にある政府公認の遊郭と違い、非合法な売春宿のため、それぞれ表向きは酒屋や飲食店など別の店を装い営業していた。燕屋も建前上は花屋であるが、玄関に飾られている干からびた花々を見れば花屋でないことは誰の目にも明らかである。それらの花は非合法を見過ごしてくれる警察へのせめてもの礼儀でしかない。

遊郭に比べればどの店も規模は小さく、少ないところで女が二、三人、多くても七、八人である。燕屋は後者で、女郎たちみなを信夫が一人で世話していた。ただでさえ糞を拭く間もないぐらいに忙しいのに、さらに厄介ごとはご免である。

「この馬鹿が拾ってきたんだよ」

女郎たちに向けられた信夫の恨みたっぷりの視線を見るなり福子があっさり妙を売

った。

「え!?　いや、違うのよ。私はただ店の前にあったからさ。こんな雪の夜に放っておくのもなんでしょ？　そりゃ、あたしだって……」

「あー、もう、うるせぇな！　ちょっと黙ってろよ」

妙の鼻に笛を突っ込んだような甲高い喋り声に信夫の苛立ちが増した。

「あ、そうだ。菊代、客だ」

道端で引っ張ってきた客を待たせていることを信夫が思い出し、そのことを伝えると、菊代は立ち上がり姿見の前で身だしなみを正した。どこの部屋？　え、雀の間？　あの部屋は臭くてイヤよ、それにダニもいるんじゃない？　体が痒くって、と信夫に愚痴をこぼしながら菊代が部屋を出て行く。

そのやり取りを見ていた福子が、私の客は？　と尋ねてきたので信夫が、大福食ってる暇があったらテメーで客を取ってこい、と吐き捨てると隣の妙が嬉しそうに吹き出す。

「とにかくよ、元にあった場所に戻してこいよ」

「えっ？　いやよ、アタシこんな雪ん中に赤ん坊を捨てるなんて。そこまでヒトデナシになった覚えはないわ」

ぷいと横を向いて妙がわざとらしく長襦袢の衿元を正す。

「うーん。この顔は富江かしらね。こんな顎だったでしょ？　あの子。いや、けど鼻筋はそうだね、牡丹の雰囲気ね」

赤ん坊の顔を覗き込んで福子が言った。

「なにがだよ？」

信夫が尋ねる。

「たぶん、ここにいた女だろう？　馬鹿な男に遊ばれて捨てられて、一人じゃ面倒見切れなくなったから置いてったんだよ。アタシらにどうにかしてもらおうって」

「どうにかって言われてもよ……」

信夫が再びハンチングをずらし、すぐにまた上げる。

「あっ。そうだ、千代。なんか手紙とか入ってねぇのか？　普通、あるだろ『どうぞよろしく』みてぇなのがさ」

声を掛けるも、千代は赤ん坊に見惚れたまま反応をしない。

「……。」

「おい、千代！」

「え……あ、うん」

現実に引き戻された千代が寝ている赤ん坊を起こさぬよう、慎重におくるみを捲(めく)り、何もないのを確認してから、信夫に向かって首を横に振る。

「じゃ、それは？　その着てるもんの中になんかねぇのか？」

信夫に言われ、千代は次に赤ん坊の肌着をゆっくりと脱がして確認したが、やはり何もない。

「ったく……じゃ、それは!?　それ！」

信夫が苛立ちながら半ばヤケになって赤ん坊のおしめを指さす。

「あっ……」

おしめを剝がした千代が声を上げると、信夫が前のめりになった。

「どうした!?　なんか、あったか？」

「あ、ううん……そうじゃなくて、なんも無ぃの」

「は？」

千代が優しく赤ん坊を抱えると嬉しそうに微笑み、両手で掲げてその股座(またぐら)を信夫に見せる。

「ほら、なんも無いの、この子。だから……おんなの子」

信夫がハンチングをずり下ろす。


ちゅんちゅんちゅんのオンギャーオンギャー。

朝、スズメたちと一緒に赤ん坊が元気いっぱい、不満いっぱいの泣き声をあげている。昨夜、薄く降り積もった雪は溶けだし、屋根から冷たく透き通った水が朝日を散らしながら滴り落ちる。

「だからって後先考えずに連れて来るのは、どうなんだよ？」

昨晩は常連客と外で過ごし、明け方に帰って騒ぎを知ったばかりの鈴江が言った。

食事に寝泊りに客待ちに、ときには流血騒ぎの取っ組み合いに摑み合い、つまりは何でもござれの女衆の大部屋、その窓際に浅く腰掛けた鈴江が真っ赤に塗られた唇から煙管（キセル）の煙を細く吐き出す。

だって外に置いておけないでしょ？　腹を空かした犬に食われたらどうするのさ？

と妙は相変わらずの甲高い声で口を尖らせた。

鈴江はもともと、吉原の遊郭で散茶を務めていた遊女である。花魁（おいらん）より格下とはいえ散茶になるのにも美貌はもちろん、芸事に教養に多くの能力が必要とされた。それを僅か二年で上り詰めたのが鈴江だ。しかし、もう僅かで花魁になろうという頃、客を取り合って遊女の一人と揉め、怒りに任せて簪（かんざし）で相手の耳を突き刺し、遊郭を追い出された。

浮世絵から飛び出してきたかのような切れ長の目。艶（つや）のある表情や仕草。客からの人気はもちろん、女郎たちからの人望も厚い。

そんな鈴江が赤ん坊を面白くない様子で見ているのは、千代にとって宜しくない状況である。千代はひそかに期待していた。へぇー、面白いじゃないか、ここで面倒見ようじゃないか、と鈴江が言ってくれることを。発言力のある鈴江がそう言ってくれれば、信夫も他の女たちも納得せざるを得ないはずだった。

自分にとって不利な状況を赤ん坊も本能で察したのか、泣き声はより一層激しくなり、不平不満を訴えている。

「あー、ほらほら。お腹減ってるんだろ？　飲みな」

衿元を押っ広げて、両乳を出した福子が赤ん坊に乳房を押しつける。

「駄目だって！　そんな押しつけたら。息ができないだろ、死んじまうよ」

妙が福子を肘で小突く。

「だったらアンタがやればいいだろ！　なんでアタシなんだよ」

「そんな牛みたいな乳して、なんで何も出ないのさ！」

「うるさいよ！　なんだ、アンタのその煎餅みたいな乳は。よくそれで客取れんね」

「なにさ！　ったく。ごちゃごちゃ言ってないで、さっさと出しなよ。ほら！」

妙が福子の乳房を鷲摑みにして乳を搾る真似をした。

「痛い痛い痛い！　出ないって！　出ないって！」

周りで見ていた女衆がゲラゲラと手を叩いて笑う。赤ん坊に興味がなく、疲れて寝ている者にとっては迷惑甚だしい。うつ伏せになった頭に枕を被せて耳を覆っている。

どれどれ次は私が、次は私が、と乳房を揉みほぐし代わる代わる赤ん坊の口にあてがうも、そう簡単に乳が出るわけもなく、赤ん坊の泣き声が止む気配はない。

「そんで？　どうすんだい？　その子」

鈴江に聞かれた妙が肩を小さくして答える。

「どうするって言われたってさぁ。あ、そうだ。じゃ、誰かにあげる？」

「アンタね、犬や猫を拾ってきたんじゃないんだよ？　ちょっとは真面目に考えたらどうなんだよ。その少ない頭を使って」

煙管の吸口をこめかみに当てて鈴江が言った。

「だって欲しがる人はたくさんいるでしょ？　子供ができない夫婦とかさ、早くに子供が死んじゃったところとかさ……」

「バカ！」

福子が妙の膝を叩くと、妙が口を閉じて言葉を呑み込んだ。

「あ、いや、別にそういう意味じゃ……」

しまった、と妙が千代の顔色をうかがう。大丈夫よ気にしないで、と千代は微笑む。

もしも——。

もしも、あの子が生きていれば今頃は三歳になる。

千代は十四歳の頃、親の借金の形（かた）に吉原の遊郭に売られ、新造（遊女の見習い）になり、歌に踊りに立ち居振る舞いを学んだ。器量もよく、真面目な性格だった千代は遊女になってすぐに頭角を現し、十七歳になった頃には造船業の社長に身請けされ、妾となった。

上野にある不忍池から程近い、旦那とその本妻が住む邸宅の広い敷地には、千代のための新たな部屋を増築して迎え入れてくれた。千代とは年の離れた本妻も元は遊郭の花魁。千代を妹のように可愛がってくれた。

なに不自由ない暮らし。

千代はしばらくしてお腹に新しい生命を授かり、子宝に恵まれなかった本妻も我がことのように喜んでくれた。日に日に大きくなるお腹をさすりながら来る日を待ちわびていた矢先、旦那の造船工場が失火により全焼。会社は倒産、莫大な借金を抱えると同時に千代も妾の座を失った。

別れの日、旦那は申し訳ないと深々頭を下げ、本妻は「千代ちゃん、ごめんね。本当にごめんね。私たちにはもう何もできないの」と、必死で掻き集めたであろう九十円を千代に握らせた。

貰った金と僅かな荷物を風呂敷に包んで千代は板橋にある実家に戻ったが、いるはずの場所に親兄弟の姿はなく、近所の人の話で二年ほど前に再び借金を作り夜逃げしたことを知った。仕方がなく千代は一泊二十五銭の宿に寝泊りしながら、その宿で一人、赤子を産んだ。

しかし、産んですぐに旅館の亭主に見つかり部屋を追い出された。汚れた布団と畳の弁償代として残りの金を全て持っていかれた。

赤子を抱いて千代は不忍池の邸宅に舞い戻った。もしかしたら再起しているかもしれない、あの二人は立派な人たちだもの、きっと持ち直しているに違いない。希望を抱きつつ向かうも、家はそのままの姿で残っているのに肝心の二人の姿が見当たらない。

ここに住んでいた方は？　と庭を掃除していた使用人らしき人物に千代は尋ねた。

「あー、前に住んでいた人ね。俺もよく知らないけど二人ともコレしたらしいよ」

男は自分の首を手で絞める真似をして、舌を出した。

家の中から千代の子と同じぐらいの赤子を抱いた見知らぬ若い女が出てきて、門の前にいる汚らしい姿の千代を怪訝な顔で見ていた。

もう行く場所は遊郭しかなかった。身請けされ華々しく出て行った遊郭に出戻るのは抵抗があったが、そんなことを気にしている場合ではなかった。生きなければならない、この子を死なせてはならない。新造時代、世話になった二つ年上のお姉さんを頼ろう。何も知らない千代に遊郭での立ち振る舞いを一から教えてくれたお姉さん。それが鈴江だった。

が、千代が遊郭に着いた頃、鈴江は問題を起こして遊郭を追い出された後だった。遊女たちの話によれば、浅草界隈にある非合法の売春宿で働いているという。

そうして辿り着いたのが、ここ燕屋である。

当時、燕屋を切り盛りしていた信夫の兄・兵助は子持ちの千代を煙たがったが、すでに店の稼ぎ頭であった鈴江に睨(にら)まれ渋々だが受け入れてくれた。

千代は赤子の世話をしながら客をとり、客の相手をしているときは手隙の女郎たちが代わる代わる赤ん坊の面倒を見てくれた。鈴江はもちろん、それぞれが二つも三つも深い傷を負った女たちは、千代のような境遇の人間にみな親身になってくれた。

どうにかここで一段落かと思っていたところ、赤子は流行していた麻疹(はしか)にかかる。乳幼児が麻疹にかかれば三人に一人が死んでしまう。千代は効くという薬や漢方があれば、たとえ東京の反対側であろうと足裏にできた血豆を潰して夜通し歩いた。薬代がないときは仲間から金を借り、それでも足りないときは躊躇なく医者に跨(また)がった。

なのに、その甲斐なく赤子は三人の中の一人になってしまう。

千代は赤子の亡骸（なきがら）を三日三晩抱き続け、子守唄を歌い続けた。鈴江が無理に赤子を引き離すまでひたすらに。


千代の腕には今もまだあの重みが残っている。

昨夜、千代は眠る赤ん坊をその腕に抱いた。いつかのあの日と同じように抱き続けた。そして明け方になり、あの日は開くことのなかった目がパチリと開く。腹を空かせた赤ん坊が大きな声で力強く泣くとその泣き声の振動が腕を通して伝わり、奥のほうで眠っていた千代の母性もまた大きく開く——。

「千代。ほら次、やってみなさいよ」

赤く腫れた乳房から赤ん坊を引き剝がし、菊代が千代に赤ん坊を抱かせる。散々、いろんな乳房を吸わされたのに何の収穫もない赤ん坊はさらに落胆し、苛立ち、大きな声で泣いている。その泣き声に母性を刺激された女郎たちは不安を搔き立てられ一同落ち着かない様子である。

ソワソワと。オロオロと。

長襦袢をずらし、千代は乳房にそっと赤ん坊の小さな口をあてがう。赤ん坊は泣きながら口先に当たった温かく柔らかな何かを口に含むと、ちゅぱちゅぱと音を立ててそれを吸った。

他の者はみなが試した。残すは千代、一人だけである。

周りを囲んだ女郎たちが固唾(かたず)を呑んで見守る。

「……どうだい？」

福子が尋ねると、顔中の筋肉を緩ませながら千代が微笑む。

「うん……飲んでる」

その言葉を聞きウワッと声を上げる女郎たち。手を取り合って飛び跳ねて、笑って走って転がって。赤子に向かってベロベロバー、福子が乳房をユッサユサ。あっそれ、踊れや、歌えや、ドンちゃらホイッと。右に左に飛ぶ枕、舌出して、尻出して、ドンちゃら、ドンちゃら、ドンちゃら、ホイッと。

千代が鈴江の顔を見る。ねー、いいでしょう？

鈴江が千代の顔を見る。アンタの好きにしな。

ドンちゃら、ドンちゃら、ドンちゃら、ホイッと。

燕屋の大部屋に鈴江の弾く三味線が響き渡る。

その拍子に耳を傾け、真剣な眼差しで鈴江を見る五歳のお雪。額の生え際に少し癖のある長い髪をまとめ上げ、白地に紺色の紫陽花(あじさい)が描かれた着物姿のお雪が正座をしている。

鈴江が三味線を弾きながら手本としての小唄を歌い終えると、お雪が幼いながらも懸命に鈴江を真似て大人っぽく歌おうとする。

　柳揺れる　恋ゆれる
　忘れたはずの色に染まりゃんせ
上野　赤坂　桜田門　小指噛んで御徒町

待つの待たぬの　色恋ほへと
トンと小石に躓(つまず)きよろり
腕に抱かれて　ほろほろり
柳揺れる　恋ゆれる

鈴江が三味線のバチを止める。

「だから前も言ったろ？　全部の音を出そうとするんじゃないんだよ。出すところと引っ込めるところを考えながら歌うんだよ」

「へへ。ごめんなさい。忘れちゃった」

お雪が前歯の抜けた隙間だらけの歯を見せて顔をくしゃりとする。お雪にこの顔をされると、鈴江はつい甘やかしてしまいそうになるが、気を取り直し、一旦は緩めかけた眉を再び寄せる。

「たとえば『小指嚙んで御徒町』のところなんかは……」

三味線に合わせて鈴江が再びお手本を歌う。勝ち気なその性格からはかけ離れた、透明感のある澄んだ歌声が大部屋に響き渡り、お雪はもちろん、他の女郎たちもその声に吸い込まれる。歌や三味線はもちろん、踊りにお茶になにをやらせても一級品の鈴江は遊郭にいれば間違いなく花魁になっていたであろう、その荒い気性さえなければばの話だが。

そこへ福子が包みを持ってやってくる。

「あら。お雪、またちょっと大きくなったかしらね？」

「こんにちは。福ちゃん」

「こんにちは。はい、お土産。なんだと思う？」

「うーん。……大福？」

「あらイヤだ。なんでわかるのかしら？　やっぱ賢いねぇ、お雪は」

鈴江が三味線を片付けながらお雪に小声で耳打ちする。

「出すところと引っ込めるところを考えないと、あんな風になっちゃうからな」

相変わらず上から下まで全身ふくよかな福子を顎でさした。

吹き出すお雪を見て、

「ん？　なんか言ったかい？」

福子がわざと鬼のような形相で二人を睨みつける。なんも言ってない、知らない知らない、と笑いながらお雪と鈴江が大福を口に含み、もごもごもご、ふがふがふが。

「それ食べたら始めるよ」

福子が箱から裁縫道具を取り出している。

数ヶ月前に福子は信夫の兄・兵助と結婚して店を辞めた。兵助は酒にやられたのか体調が芳しくなかった。調子が悪い日は布団から起き上がることもままならず、当初は一緒に住む信夫が世話をしていたが、店を放ったらかしにもできない。そこで福子にお願いした。燕屋でそれなりに人気のあった福子だが、斜向かいにある稲村屋に福子をさらに大きく、さらに丸くしたナリの女が現れてからというもの、常連客を取られて暇を持て余していた。そこで信夫は一日中、不貞腐れながら大福を食べている(不貞腐れてなくても食べているが)福子に小遣いを渡して兵助の身の回りの世話を頼んだ。すると、兵助は福子に心を鷲掴みにされた。お前は俺の菩薩様よ、お天道様よ、と家に行くたびに求愛され、結婚などする気のなかった福子も次第に心が揺れ始める。最終的には兵助に金玉の横の〈福子のモノ〉と彫った刺青を見せられ根負けした。

家が浅草の六区から程近い入谷にあり、店を辞めてからも月に一、二度は燕屋に顔を出し、そのときは決まって得意の裁縫をお雪に教えた。福子だけじゃない。歌に踊りに裁縫に料理、読み書きに算盤(そろばん)、燕屋の女たちはそれぞれが得意なことをお雪に教えた。

それもこれも千代がお願いして始まったことだが、人懐っこいお雪は誰からも可愛がられ、今となってはみなが率先して教育係を買って出ている。

千代はいずれお雪を遊郭に入れようと考えていた。もちろん、そうではない堅気の世界で生きていって欲しいというのが本音ではあるが、女郎に拾われた孤児の未来にどんな光があるというのか。この時代、お雪のような境遇の子が掴める唯一の光が遊郭だった。生まれも育ちも関係ない、器量と技量が全ての世界。そこで一握りの人間だけがなれる花魁という立場を手に入れ、身請けされればお屋敷に住んで使用人を雇うような生活だって送ることもできる。

そう考えれば、燕屋は恵まれているかもしれない。女郎たちの中には千代や鈴江のように遊郭に身を置いていた者も少なくない。離れた理由は問題を起こしたり、年齢(遊郭にいられるのは二十七歳まで)を迎えたりとさまざまだったが、遊郭での厳しい修業を経験してきたことに違いはない。それぞれがお雪にとって大事な先生であった。

「はい。じゃ、お願いします」

福子の一言でお雪の顔つきが締まる。

普段は砕けた関係だが、教わるときは師弟よろしく、礼に始まり礼で終わる。それも千代がみなにお願いしたことである。

大福の粉がついた口を拭(ぬぐ)って、お雪が姿勢を正して畳に手を突く。

「よろしくお願いします」

燕屋は木造の三階建てで一階に帳場と便所、四畳半の客間が一部屋あり、二階には流し台と六畳の客間が四部屋、三階には布団や店の着物が置かれた物置と女郎たちが暮らす十八畳の大部屋が一つある。

客間には雀や鶴、鶯(うぐいす)に雉(きじ)などそれぞれに鳥の名前が割り当てられており、二階にある雀の間では先程までいた客の湿り気が残る敷き布を千代が直している。客の相手をする最中、上の大部屋から聞こえる三味線の音が止まったので、そろそろ福子が来る頃か、片付けたら挨拶に行こう、もしかしたら大福を貰えるかしらと千代は期待した。

東京中の大福を食べ尽くした福子が厳選した大福は間違いなく絶品である。あー、食べたい。ペラペラなのにモチモチの皮、舌に絡みつくきめ細かい餡子。三味線と子供の歌声が気になってしょうがないとブー垂れる客を宥めるように、いつも以上に動いたものだから腹が空いて仕方がない。

近頃、休みなく働いている。元号が明治から大正になり、浅草に限らず日本中が浮わついていることもあるだろうが、やはり一番の要因は昨年の吉原の大火だろう。死者こそ少なかったが六千五百戸近くが燃え尽き、遊郭は壊滅。数ヶ月もしないうちに再び商売を始めた店もあったが、多くの店はまだ再開できていない。

非合法の女郎屋は遊郭と離れた場所でしか商売ができない。皮肉にもそれが幸いして火の手を免れたうえ、大火によって遊郭という遊び場を失った客が燕屋にも流れてきた。

部屋を出て、廊下の角にある流し台で客に出した茶を片付けていると、階段を上ってきた信夫に声を掛けられた。その表情からして良い知らせではないだろう。福子への挨拶もできないか。

「千代、悪いんだけどよ――」

ほらね、やっぱり。

「いきなり来やがってさ。先月も来たばっかりだぜ？」

それだけで千代は客が誰だかわかった。他の女郎にお願いしたいのは山々だが、日頃からお雪が世話になっている手前そのような頼み事はしづらい。あの日、お雪が燕屋にやって来た日、鈴江だけじゃない、千代が「ここで、この子を育てたい」と言ったとき、みなが反対した。育てようがない、商売の邪魔になる、寺なり警察に任せろ、とみなが口を揃えた。

だが、千代は食い下がった。みなの世話にはならない、私が命をかけて育てる、邪魔になったら二人揃って追い出してくれて構わない、だからお願い。どうか、どうかと懇願して渋々ではあるが、みなも納得してくれた。

けど、約束は守れていない。日々、世話になりっぱなしである。客を取ってる間はお雪の面倒を見てもらい、遊んでもらい、勉強まで教えてもらっている。約束通りならとっくに追い出されているはずの二人なのに。

恩返しはまだ何もできていないが、千代はせめてみなが嫌がるような仕事ぐらいは買って出るようにしている。

「うん、わかった。雀でいい？」

おう、頼むわ、と言って信夫が階下に降りていく。

「あっ」

千代に声を掛けられ、階段の途中で信夫が足を止める。

「どうした？」

「時間あるときでいいから、そろそろ髪お願いしていい？」

千代が長い髪を上にまとめながら言った。実家が床屋であった信夫は燕屋の散髪係でもあり、ほとんどの女郎が信夫に切ってもらっている。

「ついでにお雪もやるか？」

「うん、お願い。多めに梳いてあげて。寝てるとき、汗がすごくって」

おう、まかせな、と階段を降りていく信夫に再び千代が声を掛ける。

「あ、それから」

「ん？」

「大福、ひとつ取っておいてくれる？」

「へへ。わかったよ」

千代はお盆に菓子と茶を載せ部屋に戻ると換気のため開けていたガラス戸を閉め、すだれを下ろした。燭台に載った蠟燭に火をつけると、着物の衿と裾を正してから髪を整え、両手を揃えて頭を下げる。

いやいや、お陰様でどうにか、と信夫のへつらう声が襖の向こうから近づいてくる。今日はこちらの部屋でございます、と信夫が言い切る前に襖が開き、男が入ってきて布団の上に座る。

「千代でございます。お待ちしておりました」

頭を下げたまま挨拶をするも、男は返事もせずに腰につけていたサーベルを枕元に置き、警官帽を千代に渡す。

「では、ごゆっくり」

信夫は襖を閉めながら申し訳なさそうに千代に視線を送る。

ふんぞり返る男の靴下を脱がし、千代は部屋の隅に置いてある桶で手拭いを絞り、男の大きな足を拭く。

「臭うか？　ずいぶん洗っていない」

「いいえ。ちっとも」

へっ、と男が鼻で笑い、上着を脱ぐついでに取り出した紙巻タバコを口に咥えると、千代がマッチを擦って火をつける。

男の名は中村。浅草周辺を管轄する警部補である。士族である警視の父を持ち、いずれは自身も警視になることが約束された身分である。薩摩藩の武士の血を引く中村の体は大きく骨太で、いつも侍のような鋭い眼光を膨れた瞼の下から覗かせている。ただでさえその威圧的な顔に髭を蓄えているのだから、町内を歩くだけで犯罪が減るという噂も満更嘘ではなさそうである。満洲では弾切れになった銃で敵陣に乗り込み、敵を全て銃で殴り殺したという、さすがに言い過ぎのような噂話を本気で話す人間も少なくない。

それゆえ町民からの信頼は厚いが、燕屋にとっては少々面倒な存在である。

政府公認の遊郭と違って燕屋のような女郎屋が商売をするには、中村のような人間に袖の下を使うしかない。二年ほど前から時々店にやって来ては、信夫から金を受け取り、そのついでに女をタダで用意させた。それを断ったがために潰れた店やお縄になった女郎もおり、そのことは信夫はもちろん、千代も重々承知しているので中村の扱いには特に気を使っている。中村の機嫌次第で燕屋やその仲間、ひいてはお雪さえどうなることやら。

「じゃ、舐められるか？」

桶で手拭いを絞っている千代に中村が言った。

「臭わないんだろ？　だったら舐められるか？」

試すように千代に足を向けて様子をうかがう。

「ええ」

千代はさも当たり前のように答えると中村の片足を両手でそっと持ち上げ、口に含んだ。マメのできた硬くざらざらになった親指を丁寧に舐める。次に親指と人差し指の股の間に舌を入れると、ぷっくりとした千代の唇から溢（あふ）れた唾液が糸を引く。

その様子を眺めながら、中村は嬉しそうに自らの手で硬くなった股間をさする。

燕屋の前の通りを褌姿に前掛けだけ着けた男が団扇を煽ぎながら歩き、その傍で自転車の荷台に木箱を載っけた豆腐屋が残り僅かになった豆腐を売り捌こうと、少し強めにラッパを吹いている――そんな夕刻のやや手前、燕屋の大部屋からは今日も三味線が聞こえる。

大部屋では鈴江の三味線に合わせて千代とお雪が舞っている。扇子を顔前でひらりと煽り、顎を上げて目線を流すお雪。九歳になり背丈もぐんと伸びた。ときに大人びる表情に千代や鈴江でさえ息を呑む。数えで十五歳になったら遊郭に送り出そうと考えていた千代だが、近頃は少し早めようかとも思っている。それほどにお雪の成長は目を見張るものがあった。

少しでも長く一緒に暮らしたい気持ちはあれど、もう二、三年もすれば、ここでお雪に教えられることはなくなる。ならば遊郭で一線の芸と教養を学んだほうがお雪のためにも良いのではないか。千代は頭を悩ませていた。

「おーい！　お雪！」

外から信夫の声がする。

その声を聞いた瞬間に先程までのお雪は何処へ、表情が一変して本来の九歳らしい顔つきへ戻る。着物の裾をたくし上げ、窓から身を乗り出し、下にいる信夫に「おじちゃん！」と扇子を振る。

「こら、お雪！　まだ途中でしょう」

千代が叱るもお雪の耳には届かない。

「始まるってよ！」

信夫がそう言うとお雪は振り返り、千代の顔を見て懇願する。お願いお願いお願い。そんな目で見つめられたら許さないわけにいかない。一方、鈴江はといえば早々に諦めたようで、三味線を片付け、煙管に葉を詰めだしている。千代が「しょうがないね。その代わり明日はウンと長くやるからね」と財布から小遣いを取り出しながら言うと、言い終える前にお雪は金をむしり取って部屋を飛び出していく。

「あ、こら！　はしたない！」

ドタドタドタと階段を降りていく。

千代は呆れ笑う。やはりまだ九歳なりの子供か。遊郭に行くのは予定通り十五歳になってからかしら。

「よろしくね、信ちゃん」

外にいる信夫に千代が声を掛けると、横からツッカケもそこそこに息を弾ませたお雪がやってくる。「早く早く」とお雪は信夫の袖を引っ張り二人は表通りへ向かう。

窓から半身を出して「気をつけるのよ」と千代が声を掛けるとお雪が振り返り、くしゃりと笑い、その横を豆腐を売り切ったのか、上機嫌な豆腐屋が軽快に自転車を漕いで行く。

燕屋から馬道通り、言問通り、ひさご通りと行けばすぐ先にあるのは歓楽街、浅草六区である。

ひさご通りあたりから徐々に賑わい始め、凌雲閣（高さ五十二メートルの展望台）を通り過ぎる頃には平日であっても道は人で溢れ返っていた。六区を知らずして遊びは語れない。わずか百メートルほどの通りに芝居小屋から映画館、見世物小屋など日本最先端の娯楽が全て揃っており、東京中、日本中から新しもの好きのハイカラが集まっていた。

その人混みを掻き分けながら走るお雪を追いかけるも、しばらくして見失った信夫は諦めて歩きに変える。どうせ行くところは決まってらぁ、のんびり行くか。ハンチングを浅く被り、信夫はズボンの両ポッケに親指をかけた。

ガキの時分もこうやって人混みを走ったもんだなぁ。あんときの俺は、今のお雪と同じくらいの年端か。その頃は俺が先に走って行くほうで、振り返ると兄貴と親父がこうやって後から追っかけて来てくれたもんさ。

信夫の父親・喜八は理容師だった。幼い頃の信夫は北品川にある遊郭の近くに住んでいた。自宅の一階にある店には遊郭から遊女やそれらを仕切るヤクザ連中が頻繁に客としてやって来た。

「いいか、お前ら。理容師にとっての鋏(はさみ)ってのは、侍にとっての刀よ。つまり俺はその刀を持って、この店で戦(いくさ)をしてるっちゅうことだ」

喜八の言う戦を、いつも四歳年上の兄・兵助と戦場の片隅に置かれた丸椅子に座って見学した。信夫はいつか自分も理容師になるんだ、と自分の髪の毛を勝手に切ってはたびたび母に怒られた。

その母は、客だった若い彫り師といつの間にか関係を深め、ある日の夜中、寝ている喜八を起こさぬようにこっそり兵助と信夫を連れて家を飛び出した。訳もわからぬまま風呂敷いっぱいの荷物を持って相手の彫り師の家に連れて行かれると、玄関先で母と男が口論を始めた。しばらくすると、母は泣きながら信夫と兵助を抱きしめて、財布から出した金を渡して二人を帰らせた。

手を繋ぎながらの帰り道、泣きじゃくる信夫に途中にある夜店で兵助が炒り豆を買って与えた。紙袋に入った炒り豆を食べながらも信夫は結局泣き止まず、兵助が「ピーピー、ピーピー、うるせぇやい！　静かにしろってんだ！」と強く叱りつけた。それでも泣き止まぬので、「泣くのやめねぇなら俺が食べちまうぞ！」と炒り豆を鷲摑みにして口いっぱいに含んだが、噛んでいるうちに兵助も我慢できなくなり泣き始めた。泣き咽(むせ)ぶ拍子に兵助の口から豆の欠片(かけら)が飛び出し、それが信夫のおでこにピタリとついたものだから思わず兵助は泣きながらも笑ってしまった。それに釣られて信夫も泣きながら笑い出し、口から豆が大量に吹き出たので、さらにそれを見て兵助が笑い、道の真ん中で二人は泣きながら笑い続けた。

家に帰ると、母の家出を知り激昂した喜八が二人に案内させ、男の家を訪ねた。最初に出てきた母を平手で殴ると、次に出てきた男を拳固で殴った。この野郎！　ふざけんな！　と三発ほど殴ったところで男が逆上して殴り返してきた。まさか殴り返されると思っていなかったのか、父は驚いた様子で相手を見返す。しかし、ここまで来て引き下がることはできず立ち向かうも、喜八は口は達者だが喧嘩は未熟。蹴られ殴られ引き摺り回され、一瞬のうちにして地面に倒れこむ。喜八の両目はぼっこり腫れ、鼻水と鼻血が混ざったようなものを垂れ流しながら、「ちぐじょー」と泣いていた。

帰り道、今度は三人で手を繋ぎながら帰った。さんざっぱら泣きはらした信夫と兵助にはもう涙は残っていなかったが、喜八は足を引きずりながら悔しそうに泣き続けた。兵助は喜八にも炒り豆を買ってあげようか迷ったが、口の中が痛そうなのでやめた。

それからしばらくは北品川に住んでいたが、そのうちに品川の遊郭に陰りが出てきたのか客が一時期に比べて半分もいなくなってしまった。

それでやって来たのが浅草だった。

しかし、数年前から国によって整備されて賑わい始めた浅草で、喜八と同じように好機をうかがう者は少なくなかった。理容室を開く物件はなかなか見つからず、条件の良い場所だと家賃が高くて手が出ない。仕方なく自分の店を諦め、雇われでも構わないと理容室に駆け込んでみるも、店主に提示された給料に職人気質の喜八は納得できず、「舐めやがって。そんな安い金で鋏を握れるか」と唾を吐き、店先で見ていた兵助もそれを真似て唾を吐いたので、信夫も見様見真似で唾を吐いたのだが、吐き慣れてない唾が膝に垂れただけだった。

結局、喜八は理容師の仕事にはありつけず、しばらくは人力車の車夫をしながら長屋に親子三人で身を寄せた。

兵助と信夫は、時間のあるときは喜八の引く人力車で浅草を案内してもらった。見世物小屋に芝居小屋、派手な色をした幟（のぼり）に提灯、目に映るもの何もかもが新鮮だった。

月に一度だけ連れて行ってもらえる、六区の三館共通がいつも待ち遠しかった。切符一枚で映画に演劇に朝から晩まで楽しめた。あまりに楽しくて兵助と信夫は月に一度だけでは満足できず、劇場の裏から忍び込んではたびたび蹴飛ばされ追い出された。

喜八の人力車は、吉原が近いこともあり遊郭で利用されることが多い。そのうち、遊郭にある馴染みの茶屋で働く一人の女と深い関係になった。時々、家に遊びに来るようになり、信夫と兵助に嬉しそうに紹介してきた。前の母ちゃんより少し年上の綺麗な人だった。

夜、寝ているときに「新しい母ちゃん欲しいか？」と喜八が尋ねてきたので、信夫と兵助は欲しい欲しいと喜八の腕にしがみついて引っ張った。喜八は照れながら、

「ま、そのうちな」と笑った。

しかし、新しい母ちゃんになるはずだった人にはすでに別の相手がいた。いつか北品川で喜八が怒鳴り込んだように、今度は怒鳴り込まれた。土間にはなんと叫んでいるのかわからないが、怒り狂った男が包丁を手に騒ぎ、その隣には新しい母ちゃんになるはずだった人がいた。新しい母ちゃんになるはずだった人の綺麗な顔は両目が餅みたいに膨れて、鼻は釣り針みたいに曲がっていた。

兵助は咄嗟（とっさ）に信夫の首根っこを摑んで奥の部屋に連れていき、窓から長屋の裏手へ一緒に逃げ出した。

部屋の中で包丁を持った男が迫り、喜八は散髪用の鋏を手にして応戦している。喜

八はおでこを真一文字に斬られ、そこから流れた血で顔は真っ赤だ。目に入った血が邪魔なのか幾度となく手で拭う。

　何事かと近所の連中が集まり、中の様子を外からうかがっている。兵助が表へ回り、家の中へ入ろうとする。近所の連中は「よせ！」と止めたが、その手を振りほどいて飛び込んだ。信夫も一緒について行こうとするも足が震えて動けない。

　新しい母ちゃんになるはずだった人が、「駄目よ！　外にいて」と兵助の前に立ちはだかる。それでも兵助は足を止めず、土間にあった戸が動かないようにする重石を持って男の足の上に叩きつけた。足を潰された男は叫びながら倒れ込む。兵助は再び重石を手に取って大きく振りかぶったが、喜八が流した畳の血溜まりに足を滑らせ転倒。そのまま重石が喜八の腕に落下し、今度は骨の潰れる鈍い音と共に喜八が断末魔の叫びを上げた。

　男が兵助へ這い寄り、手にした包丁を振り上げると喜八はまだ使えるほうの手で男を殴り、兵助の上に覆い被さる。そして、その喜八の背中に包丁が突き刺さった。

　やっとのことで見ていた野次馬が動き出し、男を取り押さえた頃には喜八はすでに息をしておらず、亡骸に覆い被さられた状態で兵助が、「この野郎！　テメェ、殺してやる！」と男に向かって泣き喚（わめ）いていた。

父親を失った信夫と兵助は浅草を去り、結局、北品川の自分たちを捨てた母親の元へ帰ることになった。

久々に会った母親は二人を抱きしめて迎えてくれたが、信夫はまるで他人に抱かれているような気分になって体が少し硬くなった。


——信夫がお雪に少し遅れて到着したのは六区では老舗の芝居小屋、風見座だ。

もともと、道化踊り（面をつけた道化が囃子に合わせて踊る）のために建てられた劇場だが、今では芝居を中心に歌や踊りに客が喜びそうなものならなんでもやっている。三部構成で午前中から日が落ちるまで年中無休。値段が手頃ということもあり、連日、新しもの好きで客席は賑わっていた。

その風見座のテケツ（切符売り場）の前でお雪が膨れっ面で信夫を見る。どうした？と信夫。

「おじちゃんが遅いからだよ。もう！」

切符は完売、立ち見客もいっぱい、ロビーで音だけを聞くことならできるがそれでも立ち見分は払わなきゃならない、と口早にお雪が説明する。

「は？　音を聞かせるだけで金とんのか。相変わらずボロい商売してんな」

わざと顔馴染みのモギリに聞こえるよう大きな声で信夫がけちをつけると、モギリの女が信夫を睨みつける。二十年前も同じモギリに同じように睨まれたが、あの頃に比べるとずいぶんと眉間の皺が深くなっている。

いやー、そうか、じゃ仕方ねぇ、帰るか？　と信夫が悪戯な表情を浮かべると、察したお雪が「そうだね、仕方がないね」とヤケに素直に応じ、二人はその場を後にして劇場の裏手へと回る。

キョロキョロと周りの様子をうかがいながら歩くお雪と信夫。

裏口の扉が開き、関係者らしき人物が出てくると咄嗟に二人は犬を捜すふりをする。

シロ？　どこなのシロ？　早く出ておいで。

誰もいなくなるとお雪と信夫は茶番をやめ、顔を見合わせる。

今だ！

お雪を肩に乗せて裏手の物置によじ登らせると、信夫は走って壁を蹴り物置に登る。

物置から、劇場と隣の建物の間の塀に足をかけ、壁沿いに進む。建物の中ほどに窓があり、信夫が窓ガラスに手のひらを当てて上下にゆすり、丸い金具に掛けられた釣り針状の鍵を外す。

開いた窓からお雪がこっそり中を覗き、信夫に笑顔で頷く。

「大丈夫。誰もいない」

便所の窓から無事に侵入を果たしたお雪と信夫は、役者や関係者に見つからぬよう舞台裏へと進む。舞台上から金色夜叉の台詞、客席からは「貫一！」の掛け声が聞こえると、気になって立ち止まってしまうお雪の肘を信夫が引っ張る。

舞台裏から梯子を登って、すのこ（舞台の天井部）へ向かうと裏方が貫一の名調子に合わせ、棒につけた籠を揺らして紙吹雪を降らせている。その隙を狙ってお雪と信夫はすのこに上がり、さらに奥にある柱を足場に使って天板をずらし屋根裏へとよじ登った。

ここまで来れば大丈夫、冒険を終えたお雪が信夫にくしゃりと笑う。

こなれた一連の行動は初めてのことではない。お雪と信夫は週に一回はこの風見座に通って芝居を見ていたが、満員で入れないときはいつもこうしていた。もう七、八回はやったか。

この屋根裏への侵入方法は信夫が幼かった頃、兵助とともに開拓した。兵助と信夫は芝居を見たいがために、あらゆる劇場にタダで忍び込む方法を探っていた。そんな悪ガキを見つけるたびに劇場側は何かしらの対策をしてきたが、ここ風見座への侵入は一度も見つかったことがない。いまだに使える手口だった。

畳三畳もないほどの狭く小さな屋根裏。子供のお雪ならぎりぎり立って歩けるが、大人の信夫は腰を屈めなければ動けない。真ん中には大きな柱があり、幼少期の信夫と兵助が彫った道化や歌舞伎の絵がそのまま残っている。大きく不恰好な道化は信夫が彫ったもので、その隣の頭に巻き糞をのっけた道化は兄の兵助が彫ったものだ。部屋の角に置いてある板切れをどかすと床に歪な穴が開いている。これもまた幼少期の信夫と兵助が彫刻刀を使って自力で彫ったものである。

人差し指ほどの小さな穴が床に二つ。お雪と信夫は這いつくばって床に顔を押しつけ、片目ずつ覗く。目線の先には、すのこがあり、等間隔に板が敷かれている。お雪はその僅かな隙間から舞台を見て、板が邪魔で見えない部分は頭の中で補った。

金色夜叉は拍手喝采の中、幕を閉じ、次の演目が始まる。

裏方が舞台に書割（風景などが描かれた絵）を置く。お雪の場所からはよく見えないが、うっすらと洋風の城が描かれているのは確認できた。

　書割の設置が終わると、演目はピアノの音から始まった。珍しいとお雪は思った。ここには何度も通っているが演目の始まりは大抵は役者の口上か、もしくは三味線に太鼓が相場だ。それがピアノとは。

「おっ。今日は新作か」

「うん」

　風見座では大抵八十分ほどの上演時間で三つか四つの一幕物の演目を行う。長めの芝居でも三十分、短ければ十五分程度である。これは風見座に限ったことではなく、六区のどの芝居小屋でも短い演目が大半であった。風見座のような庶民的な芝居小屋は観物場と言われ、帝国劇場のような本格的な劇場とは法律上、明確に区分されている。そして、観物場には観物場取締規則という主催者泣かせの決まりがあり、その中に演目は一幕物（物語を一場と二場という風に区切らない）に限るという一文もある。なので大抵が美味しいとこ取りで、話の流れはそこそこに見せ場と見せ場を繋ぎ合わせて、本来は三時間もあるような芝居を二十分で済ませてしまう。それでも客は喜び、むしろそれらに見慣れているので下手にじっくりやっても寝られるか、野次が飛んでくるだけだった。

芝居小屋が乱立する六区で鎬（しのぎ）を削る風見座では、常連客を飽きさせないように大体十日ごとに一つを入れ替え、新作を下ろす。下ろしてしばらくは、稽古不足の役者が台詞をトチるのは当たり前で、出番になっても出てこない、逆に出番じゃないのに出て来て慌てて引っ込むなどの失敗も珍しくない。トチれば客席から野次が飛ぶのはもちろん、内容がつまらなくても野次が飛び、野次を飛ばされた役者が余計に慌てて汗を流す。だから、お雪は新作を見るときはいつも不安になった。

舞台上に青いドレスを纏（まと）った女が登場した。これもまた珍しかった。洋装がないわけではないが、いつも見るものと少し違う。ドレスは腰の辺りから下が提灯のように大きく膨らみ、肘から先には長く白い手袋を着けている。そのような格好は客も初めて見る者がほとんどらしく、クスクスと笑い声が聞こえる。

しかし、小刻みなピアノの伴奏に合わせて女が歌い出すとその空気が一変する。大きく開いた口から裏返ったような高い声が客の耳を通って脳天へ突き進み、ざわつく客たちを問答無用に黙らせた。まるで聞いたことのない歌い方。歌が女の口からでなく、体全体から響いてくる。女の体そのものが楽器になったようだった。

続いて上手から出てきた洋装の男が両手を大きく広げ歌い出す。打って変わって、今度は低く地面を這う歌声。音に共鳴して劇場が小刻みに震える。歌いながら舞台を右に左に動き、握りしめた拳を突き上げたり、胸に手を当てたり、声の出し方だけではなく身振り手振りも含めて今まで観てきたものと違う。

そこにバイオリンが入りさらに曲を盛り上げると、男と女の歌が絡み合う。ときに怒鳴り合うように、かと思えば求め合うように。歌いながら表情も変わる。これもはじめて観る。今までの演目は歌は歌、芝居は芝居と分かれていたが、これはなんだ？ 歌なのか芝居なのか。感情が歌にのって激しくぶつかり合っていく。

長年、数々の芝居を見てきた信夫も目を剝いた。

「なんだよ、これ。とんでもねぇな」

たしかに、とんでもない。信夫ほど芝居に詳しくないお雪でもそれはわかった。なんて強くて自由な歌なんだろう。屋根裏のお雪は瞬きを忘れた。その瞳に舞台上で歌い舞い踊る男女が映りこんでいる。

曲が終わると屋根裏に隠れていることを忘れてお雪が思わず拍手をしてしまい、慌てて信夫がその手を封じた。

燕屋の鶴の間では、常連客の男が鈴江の咥えたタバコに火をつけた。

「どうなの？　最近は」

煙を吐きながら鈴江が聞く。

ダメダメ、最近は絨毯(じゅうたん)に客を持ってかれちゃってさ、と畳屋の男が弱音を吐きながら自分で服を脱ぎ、衣紋掛けにかける。それでもここに来る金はあるじゃないか、と鈴江が言うと「へへへ、それもそうか」とすっぽんぽんの男が桶に足を突っ込んで自ら洗う。

月に一回、もう何年になるか。男は必ず来る常連客で鈴江もいつの間にか客扱いはしなくなった。燕屋でここまで砕けた接客をするのは鈴江ぐらいしかいないが、ここまで砕けても客を離さない魅力があるのも鈴江ぐらいだ。

先ほどから上の階が騒がしい。女たちの掛け声に三味線やら尺八の音。鈴江が天井を見上げ、あー、またやってる、と微笑む。こりゃなんの騒ぎ？　と畳屋に聞かれて鈴江が答える。

「オペラさ」

タバコを消し、着物を脱ぎながら鈴江が続ける。アンタも知っておいたほうがいいよ。ここ最近、流行(はや)ってきてるからね。西洋から来た音楽でそりゃ凄いのさ。今まで聞いてきた曲とは全然違うんだ。とは言っても、アタシも実際にはまだ観てなくて、お雪と信夫から毎晩のように聞かされてるだけなんだけどね。

へぇ、そうかそうか、と男は答えるが上の空。流行りの音楽なんかより目の前の鈴江の体のほうによっぽど興味がある。何度見ても健康的で美しい。鈴江が簪を抜き取ると、まとめた髪が降りてきてその背中を滑り落ちる。こりゃ間違いねぇ、観音様だ。地上に降りてきた観音様に違いねぇ。このお方と今から交われることに男は心から感謝し、また明日から仕事を頑張ろうと心に誓う。

「さぁ、始めるよ」

鈴江が言うと、お願いします、と男は思わず観音様に手を合わせる。

大部屋はドンちゃん騒ぎだ。

女たちが酒を飲みながら、ある者は三味線、ある者は尺八、ある者は湯呑みを箸で叩き、その中でストール代わりの手拭いを肩に載せたお雪が舞っている。

あの日、オペラを観たお雪は千代に頼み込んで連日、風見座に通い続けた。今日は稽古だ、と千代が言っても聞かない。お雪が芝居を好きなのは知っていたがここまで夢中になるのは初めてのことで、そんなお雪を千代は困りながら嬉しく感じていた。許しを得たお雪はしっかり入場料を払い座席で観ることもあったが、入れないときは例の屋根裏の特等席で観劇した。同じくオペラに衝撃を受けた信夫もついて行くことがほとんどだったが、仕事で来られないときはお雪一人でも観に行った。

お雪は毎晩、観てきたオペラをみなに語った。見様見真似で身振り手振り、自分が歌い踊り伝える。いつの間にか、お雪の話を聞きながら晩酌をするのが女たちの恒例になり、今では、お雪と信夫による夜のオペラ公演をみなが楽しみにしている。

王様役兼ハーモニカの信夫が口早に状況を説明する。

「さぁ、困った召使！　そこへ、登場するのが阿呆面（あほづら）の王様だ！」

説明台詞を言い終えると急いで部屋を飛び出し、再び入って来る信夫。寄り目にして口をポカーンと開けて鼻に指を突っ込んでいる。女たちは大笑い。堪えきれず吹き出したお雪が千代に抱きつく。千代は笑いすぎて目尻から流れた涙を小指で拭う。何度も見るうちに曲を耳で覚えた菊代が三味線を弾くと、信夫が踊りながら今度はハーモニカを吹く。

今日の演目、舞台は貧困に苦しむ王国。物資もままならない中、召使が王様に雑巾の絞り汁を紅茶、ネズミを鶏肉と言って差し出すも間抜けな王様は気づかず大喜びといった内容だ。

信夫が喉を目一杯に広げオペラ歌手を真似て歌う。

王様　喉が渇いたぞ　召使
　　　早く何か出したまえ

お雪が立ち上がり、くるりと舞いながら王様の前へ。着物の裾を両手でつまみ、膝をコクリと曲げ、歌い出す。

召使　こちらは上等な紅茶です
　　　舌の肥えた　王様

召使が紅茶を差し出すと、王様が一口飲み、恍惚の表情。

　王様　これは！　これは！　なんてこと
　　　　心躍り出す　あーあー　あーあー　うまい紅茶

王様と召使が手を取り合う。

召使と王様　王様は　ルンタッタ　ルンタッタ
　　　　　　いつも　ルンタッタ　ルンタッタ　ルンタッタ

　王様　腹が減ったぞ　召使
　　　　早く何か出したまえ

召使　こちら上等な鶏です

　　アホには判らぬ　味なのです

召使の出した肉を頬張る王様。恍惚の表情。

王様　　これは！　これは！　なんてこと
　　　　力みなぎる　あーあー　あーあー　うまい鶏だ

召使と王様　王様は　ルンタッタ　ルンタッタ
　　　　　　いつも　ルンタッタ　ルンタッタ　ルンタッタ

お雪が千代の腕を引っ張り、皆の前に立たせて一緒に歌うように促す。抵抗して恥ずかしがっていた千代も、みんなの前に立つと振り切って満面の笑みで歌う。

　　王様は　ルンタッタ　ルンタッタ
　　いつも　ルンタッタ　ルンタッタ　ルンタッタ

そしてみなが口を揃えて繰り返し歌う。ルンタッタ、ルンタッタ。下の部屋にいる鈴江も畳屋の上に跨ったまま、ルンタッタ。髪を掻き上げ天に向かって、ルンタッタ。鼻息荒い畳屋も訳もわからず、ルンタッタ。近所の学生さんも、千鳥足の酔っ払いも、お月様もお星様も、小便垂れてる野良犬も。

みんなみんな、ルンタッタ、ルンタッタ、タッタラー、ハイ！

夏も目前、梅雨が明ける前に降らし忘れた雨を雲が慌ててばら撒いている。大きな雨粒が瓦やトタン、街灯の庇(ひさし)に落ちてさまざまな雨音を静まり返った浅草に響かせる。鶴の間では千代とお雪が常連客から土産に貰った林檎の皮を剥いている。こんな雨の日は当然客が少ない。通常は大部屋で待機しているが、店が暇で部屋が空いていると、時々こうして千代とお雪は二人きりで親子水入らずの時間を過ごしている。だから千代はみなの前では言えないが（特に信夫の前では！）、雨の日がいつも楽しみだった。

「あー。また切れちゃった」

不恰好で分厚い林檎の皮を見て、お雪は口を尖らせる。

「すごい、お母さん」

千代の剝いた皮は途切れることなく細く長く整っている。

「遊郭にいた頃に何個もやらされたからね」

おいで、と自分の前に座らせ、お雪の後ろから手を回し林檎の皮剝きのコツを教える。お雪が林檎と果物包丁を持ち、その上から千代が手を添える。

「こうやって包丁の上に親指を乗せるでしょ？」

「うん」

「そしたら、皮を押さえながらちょっとずつ親指をずらすの」

少しずつ薄く剝かれた、細長い林檎の皮が垂れ下がる。

雨がトタンの庇を小刻みに響かせる。小さな音と、時々、屋根にたまった雨水が束になって落ちて大きな音を鳴らす。

千代が囁(ささや)くように優しく童謡を歌う。お雪が小さい頃、雨が降ると必ず歌った歌。

雷が鳴ると泣いて怖がるお雪も、この歌を歌うと不思議と泣き止んだ。

「もう子供じゃないんだから、その歌やめてよ」

頬を膨らませて九歳のお雪が言う。

「まだ子供よ、お雪は」

「子供じゃない」

「こども」

「でも叱るときに『もう子供じゃないんだから』って言うでしょ？」

一本取られた千代が思わず吹き出すと、釣られてお雪も笑う。

「どっちでもいいのよ。私が歌いたいだけなんだから」

千代が歌を続ける。雨音が拍子をとっている。

雨ふり　カエルがぴょんぴょこり

ひとふり　ふたふり　水たまり

まあるい　おいけで　ちゃぷちゃぷ
雨ふり　帰ろかぴょんぴょこり
おそらの　たいこが　ドンドコリ
おやまの　むこうは　てるてる

千代が最後の節を歌い終える前に、襖が開く。

「あー、悪いな、お雪。母ちゃん、仕事だ」

信夫がバツが悪そうに二人を見る。

「うん。わかった」

ここにいて、終わったらすぐ戻るから、お雪にそう伝えると千代は立ち上がり、信夫と部屋を後にする。

一人きりになったお雪が先ほどの鼻歌を歌いながら皮剝きの練習を続けるが、すぐに切れて、厚く歪な形をした林檎の皮が畳に落ちる。

あっ。

雨音が心なしか強くなる。


雀の間に千代が入るとすでに中村はいた。

警官服を脱ぎ散らかし、全裸の状態で布団にあぐらをかいている。千代が襖を開けてもピクリとも反応せず、背を向けたままである。

「お待たせ致しました、千代でございます」

膝をついて千代が挨拶をする。

脱ぎ散らかした服を集めて丁寧に畳む千代の背後に中村は回ると、両手で千代の腰をグッと持ち上げ、着物をたくし上げた。驚く千代の反応も気にせず、中村が始める。そのまま服を畳んでろ、と中村に言われた通り、激しく揺らされながら千代が服を畳む。

「佐々木が警部だとよ」

中村が苛立った様子で吐き捨てる。

下手な相槌は危険な気がしたので千代は黙って聞くことにした。

「同僚の男だよ」

「……。」

「前に一度、ここにも連れてきたことがある。けど、あの野郎。店の前まで来て『俺はいい』とかほざいて帰りやがった」

「……。」

「女を用意しても、金を渡しても、あの野郎、いつだって『俺はいい』だ。そのたび、人の顔を馬鹿にしたように見やがって」

乱暴に千代をひっくり返し、仰向けになった上に覆い被さるとさらに激しく中村が当たってくる。

「あいつが警部だとよ」

手の平で頬を摑み押し上げられ、佐々木への恨み辛みを代わりに千代が受ける。

「何だあの朝礼はよ。弱者の立場に立ち、私利私欲に走ることなくだ？　俺に言ってんのか畜生が」

中村の手が千代の首にかかる。苦しくてまともに息ができない。中村は構わずに続ける。

「俺があいつの部下になるのか？　これから、俺があいつに顎で使われるのか？　え!?　どうなんだよ、この野郎」

中村の大きな手を千代は両手で必死に押さえる。声を出そうにも出せない。足を大きく動かし抵抗するが、中村は動じる気配もなく表情を変えず動き続ける。

そして中村が果てた。手の力が抜け、ようやく千代は息を吸える。目を見開き、天を見つめたまま大きく何度も何度も息を吸った。やっとのことで酸素を取り戻した心臓が血液を体中へ一気に送り出す。

ことを終えた中村が上着を引っ張り、タバコを取り出し火をつけた。平然と。そして、千代が畳んだばかりのズボンを無造作に引っ張り、ポケットから店の前で信夫から受け取ったであろう札束を取り出し、中から数枚を抜いて千代の前に投げると中村は裸のまま部屋を出て行った。

――中村が出て行ってどれくらいが経ったか。千代が体を起こし、着物を直す。ズボンを再び畳んで、上着を衣紋掛けに掛け、床に散らばった金に目をやる。ひどく汚らわしく見えるその金を千代は手のひらで丁寧に伸ばし帯の間に挟み込んだ。

鏡で乱れた髪の毛を直す。絡まった髪にうまく櫛が通らない。先ほどの中村の顔を思い出すことに抵抗するかのように、髪をとかすことに集中する。気を抜くと、えらく自分が惨めに思えてきそうで、それを振り払うようにしてひたすらに髪をとかす。

気をそらすために鼻歌を歌ってみるが、自分でもなにを歌っているのかわからない。たくさんの曲を知っているはずなのになにも出てこない。拍子が速く、明るめの曲調ではあるが、なんの曲か、そもそも存在する曲かどうかさえもわからない。それでも千代は歌い続ける。

裸の中村が一階の便所で小便を出し終えると、咥えていたタバコを汲み取り式便所の中へ放り投げた。タバコは暗闇の中を真っ直ぐに汚物の上に落ち、時間差で汚物の汁を吸い上げて赤い火が小さな音を立てて消える。

便所を出ると、扉の前で他の客が待っていた。

客は全裸の中村を見て驚くが、中村の大きな体と強面(こわもて)に押され、目を逸(そ)らし通路を譲る。

階段を上り、右手にある部屋へ戻ろうとすると反対側から「あっ」という声が聞こえ、中村は足を止める。振り返ると鶴の間の襖が少し開いている。

中村は遠慮なく襖の引き手に手をかける。

部屋には一人の少女がいた。手には林檎を持っている。裸の中村を見るや目を見開き、声を発せず、身動きもできずにいる。

「どうした？」

少女は中村を見たまま動かない。動けない。

「声がしたぞ。どうした？」

「……林檎の……皮が……」

太く短い林檎の皮が少女の膝元に落ちている。

「おっ、林檎か。おじさんにも一つくれるか？」

少女は下を向き、手に持った林檎をゆっくりと中村に差し出す。その姿を見て中村が苦笑する。

「そんなに怖がることないだろ？　おじさん、こう見えても警察なんだぞ」

笑いながら中村は部屋へ足を踏み入れると、後ろ手に襖を閉める。

少女は下を向き、林檎を差し出したまま動かない。

——中村はまだ戻らない。

まさか裸で帰ったわけではあるまい。千代が部屋を出て下の便所へ行こうと階段を降りかかったとき、うっすらと男の声がするので足を止めた。何を言っているかまでは聞き取れないが、中村だということはわかった。

声は鶴の間から聞こえる。

お雪がいる部屋だ。千代の心臓が大きく脈を打つ。

急いで部屋の前へ行き、声もかけずに襖を開く。

部屋の中央に背を向けたお雪が立っている。襖が開いたことに気がつき、ゆっくり振り返ると千代と目が合った。顔は青白く、奥歯が小刻みにカタカタと音を鳴らしている。

お雪は裸だった。

足元には脱がされたままの着物と帯が輪になり、細く未熟な体を硬直させている。足の間から中村の大きく毛だらけの手が伸びて内腿に置かれている。中村はまだ丸みの少ない尻の向こうから顔を覗かせ、うっすらと口角を上げている。

「お雪！」

千代がお雪の肩を抱いて中村から引き離す。千代に触れられた瞬間、お雪は体中の力が抜けて倒れ込むと、小さな体をさらに小さく丸めた。千代は着物を掴み取りお雪の肩にかけ、震える体を覆う。

「おいおいおい」

中村が半笑いで言う。

「別に何かしたってわけじゃねぇぞ。ちょっと、からかってやっただけじゃねぇか」

勘違いするな、と中村はあぐらのまま両手を後ろについた。千代の視線が股座へ向けられると、そこには中村の言い分と一致しない膨らんだ形をしたものがある。千代の視線に中村も気づき、わざとらしく困った顔を見せる。

「へへ。どうも参ったね、こりゃ」

千代は目を細め鋭くにらむ。中村は動じて目をよそへやる。今までどんな態度でどんな扱いをしてこようが、女郎からこんな目で見られたことはないのだろう。さすがの中村でも自分のやろうとしていたことが人の道を外れていることは承知のようだった。

「まー、いいじゃねぇか。いずれは商売すんだろ？」

中村が開き直った。

「だったら遅かれ早かれだ。俺が水揚げしてやるよ」

千代が立ち上がり中村の前に立つ。そして、見下ろす。中村は先ほど便所の底を見下ろしていた自分と千代が重なった。便所の底の汚物を見るように千代が中村を見ている。

静寂の中、変わらず雨音が外から聞こえている。

「……アンタの……で……ないよ」

唇を小さく動かし千代の口が何かを呟く。あまりに小さなその声は雨音に紛れ中村には届かない。

再び千代は同じことを言った。中村の肩を押しながら、声はだんだんと大きくなり、それに合わせて、押す力も強くなる。やがて声を張り上げ、力いっぱい中村に手を振り上げる。

「アンタのその汚い手で触るんじゃないよ！」

その形相に中村はもちろん、お雪も驚く。怒られたことはあったが、ここまで我を失い感情を顕(あらわ)にした母を見たことはなかった。中村が「落ち着けよ」と両手を押さえ込んでも千代は叫び続ける。触るな！　喋るな！　見るな！　お前みたいな人間がお雪に近づくな！

　それまで黙って罵(ののし)りを受けていた中村も耐えきれなくなり、千代の頭を押さえつけ床に投げつける。

「もう一回言ってみろ。売女(ばいた)が。お？」

　中村が千代の顔面を平手打ちしたが、千代の怒りが収まる様子はない。触るな！　喋るな！　見るな！　と中村を殴る。中村が「おい、こら」と馬乗りになって再び顔面を引っ叩(ひっぱた)いたが、千代は構わず睨み続け、中村の巨体を振り落とそうと暴れる。

「俺の手が汚いって？　じゃ、お前はどうなんだよ!?　その体は？　その口は？　よっぽど汚ねぇだろうが」

　千代の右瞼が赤く腫れ上がり、口元が血で滲んだ。それでも千代は、馬乗りになった中村を腫れ上がった瞼の隙間から睨みつける。

「だから、やめろってんだよ、その目をよ」

　中村は千代の頬を鷲摑みにして畳に頭を叩きつける。

「ここでやるか？　ガキの前で？　俺は構わねぇぞ。お？　いつものように頼むわ、千代。その汚ねぇ口でよ。この汚ねぇナニを……」

そこまで言って中村は黙った。頬を摑んでいた手を緩め、畳に手をつき、千代から降りると腰に手をあてながら片膝を立てて尻をつく。

「あぁぁ。ってぇて」

腰にあてた手の隙間から血が流れ出て畳に滴った。千代の腫れた瞼から見えるボヤけた視界にも血溜まりが見える。顎を引き、足元を見るとお雪が立っており、両手で刃先が赤黒くなった果物包丁を構えていた。

「……ぁ……あ……」

千代は立ち上がりお雪から包丁を取り上げる。取り上げられても尚、お雪の両手は包丁を握った形のまま悶え苦しむ中村を見ている。

「お雪！　お雪！」

肩を揺すられ、お雪はゆっくりと千代の顔を見る。

「……お母さん……わたしね……お母さんが……」

「うん。わかってる。お母さんを守ってくれたんだね。大丈夫、大丈夫だから」

大丈夫なことあるか、と中村が言った。

「警察刺して大丈夫なわけねぇだろ。ガキでも最低十年はくだらねぇぞ。へへっ。下手打ったな」

中村が額の脂汗を血のついた手で拭うと、顔半分が真っ赤に染まった。

千代が懐（ふところ）から出した手拭いを中村の傷口にあてる。

「ごめんなさい。ごめんなさい……」

手拭いは一瞬で血が染み込み、吸いきれなくなった血が畳に血溜まりを作る。それでも必死に押さえながら千代が懇願する。どうか、どうかお願いします、なんでもさせていただきますから。

それを聞いて中村が笑う。千代よ、この子も可哀想にな。結局、監獄で誰かにやられちまうんだ。だったら嫌でも俺とやってりゃ、ここで楽しく暮らせたのにな。

「どうか私がやったということに……」

中村は聞く耳を持たない。

「いいから。さっさと医者呼んでこい」

千代は立ち上がり部屋を出て行こうとするが、襖に手をかけたところで振り返り、立ち尽くすお雪を見た。お雪がすがるように千代を見る。

お雪――私のお雪よ。あの雪の降る夜、私のところに来てくれたお雪よ。あの日、わかったんだよ私は。今まで私が生きてきたのは、これから私が生きていくのはお前がいるからなんだと。それまで何度恨んだことか、この人生を。ドブ川で溺れるような惨めなこの人生を生きる理由を仏様に何度問うたか。けどあの日、全部がひっくり返ったんだよ。お雪が私のところへ来てくれたあの日に、今までの人生を必死に生きてきた理由があって、こんな私でもこの世にいる意味があるんだって、あの日にわかったんだよ。

ありがとう、お雪。私がお前を助けたんじゃない、お前が私を救ってくれたんだよ。ただの麦飯もお前と食べるとどんだけ美味しいことか。ただの池もお前と手を繋いで歩いてるだけで、うんと素敵な景色に見えてくる。浅草がこんな綺麗な場所だったってお前が教えてくれたんだ。だから、そんな顔をしなくてもいいよ、お雪。なにがあっても大丈夫。お前は私が守るんだから、なんの心配もしなくていい。

「何してんだ。さっさと呼んでこい」

「ごめんなさい」

踵を返した千代が畳の果物包丁を拾い上げ、そのまま中村の腹に突き刺した。カッと中村の喉が音を鳴らす。

「ごめんなさい。本当にごめんなさい」

そう言いながら腹を何度も突き刺す。

「お、お前……」

千代の肩を両手で押さえ抵抗する中村だが、その力は次第に弱くなり、やがて崩れ落ちた。千代はすでに絶命したであろう中村を謝りながらも刺し続け、中村は刺されるたびにカラスに突かれたカカシのように揺れている。

「……ごめんなさい……ごめんなさい……」

畳に転がっている皮の剝かれた林檎が再び赤く染まっていく。

客を送り出した鈴江が階段を登ろうとすると、外で客引きをしていた信夫が戻ってきて、玄関で雨除けのゴムマントを脱いだ。

「この雨じゃ、今日はもう店じまいかい？」

鈴江が尋ねると、

「そうだな、他の店も上がり始めたしボチボチか。あとはコイツが帰ったら閉めるよ」

信夫はそう答え、玄関に置かれた上等な革靴を顎で指す。

「なんだ。まだ客がいるのかい？」

「中村だよ。ったく、あの野郎さっさと帰りやがれ」と信夫は二階を睨みつける。

そんじゃ、私はもう仕事上がるよ、と階段を登り始めた鈴江が足を止め、振り返り、

「お雪は？」と信夫に尋ねた。

「ん？　大部屋にいねぇんだったら、鶴の間だろ」

それを聞いた鈴江は鶴の間に向かう。さて今日は何の話をしてやろうか？　お岩さんはもうやりすぎた。累ケ淵（かさねがふち）にしようか。どんな話だったか朧（おぼろ）げだが、まぁいい、適当に作るか。近頃、お雪に怪談話を聞かせることに凝っている鈴江は今日の題目を考える。身を縮めて怖がるお雪の愛おしいことよ。今日もいっちょやってやるか。

「お雪」

鶴の間の襖越しに声をかけると返事はない。再び声を掛けるもやはり返事はなく、もう寝ちまったのかい？　と、鈴江がゆっくり襖を開ける。

「おゆ……き……」

部屋の中央で縮こまるお雪を抱擁する千代、そのうしろに腹から血を流す中村が倒れている。

「なんだい、これ……」

咄嗟に部屋に入り、鈴江は襖を閉める。

「……鈴江さん……わたし……私、殺しちゃった」

たった今、部屋で起きた一部始終を千代が語る。最初、千代はお雪が刺したことを隠して話したが、お雪が「違う。私が最初にやった」と言い張ったので、鈴江には全てを話すことにした。そして、私はこれから警察に行くが、鈴江さん、どうかお雪のことをお願いします、二年か三年でいい、生意気を言うようなら明日にでも遊郭に連れてってもらって構わない、どうかお雪のことをお願いします、と鈴江にすがりついた。

　話を聞き終えた鈴江が絶命した中村を見下ろし、次に千代、千代に寄り添うお雪を見た。そして何かを自問自答し、その答えに納得したのか小さく何度か頷いたあと部屋の隅に立てかけられたつっかい棒で襖を開かないようにしてから、中村の足を持ち上げズルズルと引きずり始めた。

「あんたも手伝いな」

「何してるんですか？」

「捨てちまうんだよ」

こんな奴のために二人が泣くことはない。隅田川に捨てちまえば綺麗さっぱりだ。川も増水してるだろうから、あっという間に死体はドンブラコのドンブラコ、浜町、月島、内海よ。

幸いにして外は激しい雨で人通りは少ない。運ぶには持ってこいの死体日和さ。

「でも……」

「ほら、さっさと手伝いな」

「早くしな！　わたし一人じゃ持ちきれないよ」

鈴江に言われるがままに二人は中村を引きずり、布団の上に乗せる。布団に乗せた中村をぐるぐると簀巻きにしてから、襦袢の帯を使って縛り上げる。

「お雪、田所の爺さん家はわかるだろ？　酒を売ってるところだよ」

「うん」

「あそこに大八車（荷車）があるから取ってきな」

鈴江に言われたお雪が部屋を出ていくと、鈴江がガラス戸を開ける。窓枠に大粒の雨が打ちつける。

中村の巨体を女二人、ここの狭く急な階段を誰にも気づかれずに下ろすのは無理がある。部屋から下に落としちまったほうがウンと楽さ、鈴江が布団に巻かれた中村を持ち上げる。

簀巻きの中村をエッサコラサ、最初に上半身側を窓枠の縁に引っ掛け、少しずつ押し上げていく。半分ほど外に出たところで下半身側を持ち上げると、ずるっと縁を滑って布団は頭側から路地裏へと落ちていき、地面に垂直に当たってから、ゆっくりと倒れた。

千代と鈴江が手分けして畳についた血を雑巾で拭き取る。表面についた血は拭き取れるが、隙間に入った血はなかなか取れず、流しからタワシを持ってきて擦る。

外から雨音に混じってお雪の声が聞こえる。覗くと大八車を持ってきたお雪が立っている。雀の間に残された中村の服と玄関に置いてあった靴を持ち、ゴムマントを羽織って鈴江と千代が飛び出していく。

燕屋の路地裏ではお雪が地面に転がっている中村を見ていた。布団で簀巻きにしたが、両脇から頭頂部と足裏はのぞいている。恐怖か雨の冷たさか、お雪の薄紫になった唇は小刻みに震える。

「ほら、早くしな！」

鈴江が荒っぽくお雪の肩を摑む。やっちまったことはやっちまったこと、余計なこと考えてないで今は動くんだよ。

中村を大八車に乗せ、頭と足が見える布団の両脇は持ってきた服を突っ込んで隠した。大八車は引いてみると予想以上に重く、鈴江一人ではとてもじゃないが動かせない。鈴江は、お雪は燕屋に残すつもりでいたが、千代だけでは頼りなくお雪にも押させることにした。

大粒の雨が叩きつける表通りは、さすがの浅草でも人通りはない。燕屋の前の通りを吉原方面に進んで、二つ目の十字路を右に曲がる。真っ直ぐ行けば隅田川だ。

「ほら、もっと押すんだよ！」

鈴江が雨に負けぬよう声を上げる。

普段、歩けば二十分やそこらの距離だ、大八車があったって急げば三十分、遅くても四十分もあれば着くだろう。その間、何事もなければ死体を川に流してチャンチャン、めでたしめでたしよ。そりゃ中村みたいな馬鹿でも警官がいなくなりゃ騒ぎになるだろうが、なぁにアタシらの知ったことじゃないさ。店には来たけど、お相手して帰りましたよ、私たちも心配しております、と一芝居打つだけさ。だから何の心配もいらないよ、千代。

私に任せな。

私に任せな、十四歳の千代が二つ上の鈴江にそう言われた。

千代と鈴江が新造時代にいた遊郭。あの日も今日みたいな嫌な雨だった。店の裏の軒先で、敷かれたゴザにブンが横たわっている。

ブンはそこらでよく見かける野良犬だった。千代が遊郭に来た頃にはすでにいて、誰が名付け親かは知らないが遊女たちからブンと呼ばれていた。千代と鈴江はブンを可愛がり、自分たちに出された食事をこっそり紙に包んで懐に隠し、後でブンに食わせたり、痒そうにしていると二人でノミを取ってあげたりした。

そのブンが一ヶ月ほど前から様子がおかしくなった。食べ物をあげても残し、食べたとしても吐き戻し、徐々に体は細くなり、次第に歩くこともやめて寝たきりになってしまった。二人は軒先にブンを寝かせ看病を続けたが、状態は悪くなるばかり。ブンは自分で寝返りをうつこともできなくなり、床ずれした箇所が化膿し始める。痛がるブンに声を掛けながら、大丈夫よ、と化膿した箇所を絞って膿を出した。

もう誰がどう見てもこれ以上生きるのは無理だった。でも仏様は簡単に死なせてくれない。身動きも取れず、ただ苦しむブンを見守りながら数日が過ぎたある日、化膿した場所から湧いたウジを摘み、地面に叩きつけて鈴江が言った。

「もう死なせてあげよう」

千代が口にできなかったことを鈴江が言ってくれた。

「うん」

ブン、頑張ったね。今、楽にしてあげるから。

別れを告げると、

「私に任せな」

と鈴江がブンの首に縄をかけた。

「見てなくていいよ。あっち行ってな」

ううん、大丈夫。千代がブンの体を押さえつけると、鈴江が縄をしめた。衰弱しきったブンのどこにこんな力が残っていたのか。最後の力を振り絞りバタバタと体を捩(よじ)らせ暴れるブンの体を千代が押さえつける。ブン早く逝(い)って、お願い。

最後にビクンと足を伸ばし、ブンはそのまま動かなくなった。

あの日もブンの亡骸を担いで二人で河川敷に向かった。ブンは河川敷に埋めたんだっけ。思っていたより土が硬くて掘れなかったから、確か近所の畑から鍬(くわ)を借りて掘ったんだ。

舗装された表通りを抜けると急に大八車の進みが遅くなる。濡れた土が重い泥となって車輪に絡まる。時々、すれ違う傘をさした人間が当然不審な目で見てくる。午前零時になるという頃、こんな雨に打たれながら女三人が大きな荷物を運ばなきゃならない理由はそうそう見当たらない。

雨がさらに強くなった気もするが、もしかしたら雨はもともとこれぐらい強く降っていて、ようやくそれに気がつけるようになったのかもしれない。雨粒が当たるたび、瞼が細かく震える。街灯も少なくなり、それに合わせてこの雨だ、行き先は見えない。

この暗闇の先が何も見えない。

それでもこの重い塊を押すしかない。ふと足元に金魚を見た。軒先で飼われていた金魚が雨で金魚鉢から流れ出たのだろうか。窪みにできた小さな水溜まりから背びれを出して泳いでいる。

隅田川の土手に近づくと難所が待ち構えていた。土手と並行に作られた坂道を登らなくてはならない。ほら、もっと押すんだよ、鈴江が声をあげるも車輪は僅かに進むだけ。しかも、少し登っても油断するとすぐに後退して、進んだ分が無駄になった。

「どうした⁉ 手、貸すか？」

背後から男の声がした。照らされた懐中電灯が逆光になり顔はよく見えない。ただ誰であれこの状況を見られてはまずい。

「あ、いえ。大丈夫です」

咄嗟に千代は答えたが、

「なに。遠慮するな！」

と千代とお雪の間に入って男は大八車を押す姿勢を取った。三人は顔を見合わせる。

男は警官だった。頭からゴムマントを被っているが、その下から警官帽のツバが見える。

「あ、本当に大丈夫ですから」

千代が断るも「いいんだよ、女だけじゃ大変だろう」と腰を曲げて押す姿勢を取る。これ以上、断って怪しまれてもいけない。警官を挟み千代とお雪が大八車を押し、鈴江が引っ張る。

「燕屋だろ？　何度か店の前で見かけたことがある」

「あ、はい。そうです」

警官が横目で千代の顔を見ながら言った。年は千代よりか少し上か。太く凜々しい眉毛に角張ったエラが実に日本男児といった様相であり、日頃なら頼もしい警官と思えるが、今ばかりはその頼もしさが恨めしく思える。

しかし、男手が加わるとさすがに進みが違う。大八車はじわじわと坂を登り始めた。警官が力を入れた前屈みの姿勢の鼻先には中村がいる。

「なにを運んでるんだ？」

押しながら警官が尋ねる。

「え。あ、あの。これは……」

千代が言葉に詰まると、お雪が答えた。

「西瓜(スイカ)です。向島のお客さんに頼まれて。ね？　お母さん」

「あ、うん。そうなんです」

そうか、どうりで重いわけだ、と警官は納得した様子で続ける。

「ちょっと割れてるかもな」

「え？」

「ほら、そこ」

警官が顎でさした先を見ると、布団の表面に中村の血が赤く滲み始めていた。

「あ……割れないように注意してたんですけどね」

坂の中腹辺りまで登った大八車の動きが止まった。警官が屈んで懐中電灯で照らすと、左の車輪が地面に埋まった石に引っかかっているのが見えた。せーの、と声を合わせて押すが、いくらやっても越えられそうにない。警官に指示された通り一旦、後ろに戻し、向きを変えてから石を避けることにした。

しかし、上げるときはあんなに重かった大八車も下げるときはいとも簡単にズルズルと落ちていく。三人は押さえようとしたが、幼いお雪にその力があるはずもなく、警官を支点に車は右回りに後退して、車が完全に横を向く。車輪に合わせて前方は大きく振られ、引き手を持っていた鈴江の体が振り飛ばされると舵を取る者がいなくなった車は勢いを増し、そのまま横転した。

斜面に対して垂直に立った大八車の車輪がコロコロとゆっくり宙を漕ぐ。

「大丈夫か？　怪我はないか？」

警官が声を掛けるも、立ち上がった鈴江は立ち尽くし反応もしない。さっきまでの血気に溢れた鈴江の目はもうそこにはなかった。熱く燃えていた蠟燭の灯は消え、溶けて溢れ出た蠟は雨に打たれて静かに固まっている。そして、ただ一点を見つめる。

鈴江の目線の先。垂直に立った車の裏を千代が覗くと、四、五歩ほど先に布団が転げ落ちている。縛っていた帯が緩み、布団は半分ほど捲れ、血だらけの中村が雨に打たれている。

「どうだ？　ダメか？　西瓜は――」

懐中電灯を手に布団に近づく警官が足を止めた。腹にいくつもの刺し傷があり、刺し傷からしみ出た血を雨が流している。警官は何も言わずに振り返り、千代に近づくと腕を摑み、後ろ手に捻りあげた。力強く摑む指が手首に食い込む。咄嗟にお雪が走り、千代から警察官を引き離そうとするが簡単に払われ地面に倒れこむ。

鈴江は駆け寄り倒れたお雪を抱き起こすと、警官に向かって突進する。体ごとぶつかられた警官と千代はよろめく。警官が姿勢を直しながら右手の甲で鈴江の頬を殴ると、口の端から血を流した鈴江が警官を睨む。一度は消えたはずの蠟燭に再び灯がともる。立ち上がり、警官に向かいながら後ろにまとめた髪の間から簪を抜き、警官に向かって突き刺すと、簪が左頬を貫通した。警官が叫び声を上げて顔面を押さえる。

「行くよ！」

千代とお雪に声を掛けるも、二人は反応できない。

「逃げるんだよ！」

二人に近づいて肩を摑み、鈴江が声を荒らげる。

先に我に返ったのはお雪のほうだった。お雪が千代の腕を引っ張り、坂道を下ろうとすると頬に簪を刺したままの警官が鈴江を背後から羽交い絞めにした。その手に思い切り嚙みつくと警官が声を上げ、手を押さえる。鈴江が頬に刺さった簪をさらに強く奥まで押し込むと警官の叫び声が響く。

「行きな！」

警官の上に馬乗りになった鈴江が簪を突き刺しながら叫ぶ。こわばって身動きが取れない千代の腕をお雪が引っ張り坂道を下る。

　中村の半開きの口に雨水が溜まり溢れ出ている。


　信夫がしゃがみ、鶴の間の濡れた畳に手を当てる。畳の隙間に残る血の跡を確認して、目の前にいる千代の話を再確認する。あの糞野郎が死んだことなんてどうでもいい。むしろザマみろ、天誅だ。色狂いとは知っていたが、お雪にまで手を出そうとするなんてなぁ。俺が千代でも同じようにやってたさ。

　あいつが死んだことなんてどうでもいいが、問題はこれからだ。欲の塊で色狂いの糞野郎だが、警官であることには違いない。しかも、聞いたとこによりゃ、親父は本部のお偉いさんだとか。そんな奴をヤッちまったんだから当然、この店は終わりだ。しばらくすれば警察がどっと押し寄せて俺も女たちも縄をかけられるだろうよ。

　ま、遅かれ早かれか。こんな商売、いつまでも続けられるなんて端(はな)から思っちゃいないけどよ。

「で。どうすんだ？」と信夫が千代を見る。

「この子をお願いします」

千代が隣に座るお雪の肩を抱いて信夫に言った。その言葉を聞いて、隣に座るお雪が千代の顔を見上げ、息を呑む。

私は今から戻る、鈴江さんにこれ以上迷惑は掛けられない、そう言って千代が深く頭を下げた。

「お願いします。十二か十三になるまで。時がきたら遊郭に入れてやってくれませんか？　どうか、それまで面倒を見てやってください」

巾着袋から紐で丸めた札束を信夫に差し出す。

「ちっとも足りないんだけど、この子が働けるようになったら返させるから。必ず」

冷静に話していた千代の感情が徐々に昂って、早口になって信夫に詰め寄る。

「寝る場所と朝夕のご飯さえあれば、それで十分だから。家のことも手伝わせて、何でも使ってやって。洗濯、炊事、掃除、ちゃんと教えてきたから。生意気を言うようなら叩いてもらって構わない。ね？　だから、お願い。この子を……この子を……」

千代が口を手で押さえ肩を揺らす。

「おう。わかった」

けど別にお前に頼まれたから面倒を見るんじゃねぇ。俺が世話をしてやりてぇから、そうするだけの話だ。俺だけじゃねぇ、きっと燕屋の人間なら誰だってそうするよ。そりゃ、お雪が初めて来た頃はみなで反対したけど、それはもう言いっこなしだ。今となっちゃここの人間にとって、お雪は花よ。

泥沼みてぇな場所に突如として咲いた花。そして、その一輪の花があるだけで、いつの間にか泥沼が綺麗な湖に変わっていったんだ。お千代、この花ってのはお前だけのもんじゃねぇぞ。俺たちみんなの花なのさ。その花が枯れねぇように、変な輩(やから)に摘まれねぇように、俺が大事に世話をしてやる。

なーに、なんの心配もいらねぇよ。ほら、家に帰れば福子もいるんだ。あ、大福を食わせすぎねぇかもちゃんと見張ってやる。ま、頭の悪い兄貴はいるが馬鹿っ話を聞いてりゃ寂しさも紛れるだろうよ、だから安心しな。信夫が微笑む。

ありがとう、ありがとう、千代の口を覆った手の隙間から何度も聞こえる。

信夫が不安げなお雪の頭に手の平を乗せ、

「俺は馬鹿だからお前の母ちゃんみたいに勉強も芸事も何も教えられねぇけどな、守ってやるよ。お前を送り出すその日までは。だから安心しろ？　な？」

と声をかけたが、それでもお雪の表情が安堵することはなかった。そうだろう、となんでもないことが起きてるんだ。警官が死んで、警官に追われて、母親と離ればなれになる。九歳の子供に受け入れろと言うほうに無理があるか。

「着替えさしてやれよ。風邪ひいちまうぞ。そんぐらいの時間は大丈夫だろ」

俺は女たちに説明してくる。きっと千代は帰ってこられない。そう言って信夫が席を立つ。二十年か三十年か、もしかしたらくたばるまでか、監獄暮らしになるはずさ。着替えさせながら子供に別れを言う時間ぐらいなきゃ、あんまりだろ。

信夫が鶴の間を出て上の階の大部屋に向かおうとすると、下の階から引き戸の開く音が聞こえた。

「ごめんください」

男の声がした。階下を覗くと入口に警官が立っている。まさか、こんなに早く来るとは。信夫はすぐには動けずその場で立ち尽くす。

「あの……」

まだ二十歳ぐらいだろうか、細い顎をした若い警官が居心地悪そうにしている。きっと女郎屋などとは無縁な生活を送っているのだろう。その雰囲気からして千代を逮捕しに来たとは思えない。第一、警官殺しのような大きな事件を若造が一人で対応するはずもない。

「どうもどうも。いらっしゃいませ。どんな娘がお好みで？」

女目当てではないことは分かっているが、信夫は階段を降りながら普通の客に接するように応対する。

「あ、いえ。そうではなくて」

客扱いをされた警官が頬を赤くして否定し、わざとらしく小さな咳払いをしてから警官らしく堅い表情を取り繕う。

「中村警部補に伝言をお願いします」

本部より連絡があり、戻られよ、とのことだった。信夫が「中村さんでしたら二時間ほど前に帰られましたが」と説明すると、警官は「そうでしたか。では、もし戻られたら」と言って引き戸を閉めた。

信夫が上がり框（かまち）に腰掛け、鼻から勢いよく吸った空気を肺の中で一瞬止めてからゆっくり吐き出す。俺も嘘をついたんだから、これでれっきとした共犯だな。極端な話、俺が今あの警官に「うちの女が中村さんを殺しました。上に隠れてます」とでも言えば、もうちょっと穏便に（いや、さすがに穏便ってことはねぇか）済んだろうけどな。まー、しょうがねぇや。そんなつまんねぇ男になるつもりはねぇんだから。

両腕を広げ肩をぐるりと回してから、膝をパンと叩いて信夫が上の大部屋へと向かう。

千代はお雪を連れて雀の間に移動した。鶴の間にいると、さっきそこで絶命した中村の姿が浮かんで仕方がなかった。

千代はお雪に着替えをさせる。九歳ともなれば日頃は自分ひとりで着替えもするが、このときばかりは千代が体や髪を拭き、着物に袖を通してあげた。一緒にいられる時間が少しでも長引けばいい、そう思っているのか、普段なら「自分でやる」と言いそうなお雪も黙って従った。

髪に櫛を通しながら、肩越しに鏡に映るお雪を見つめる。先ほどまでの思い詰めた顔ではなく、優しく温かい母の顔で。お雪の少し癖のある黒髪に何度も櫛を通す。

こんなに大きくなって。もう少ししたら私よりも背丈は大きくなるわね。あの日、あなたが私のところに来たときはウンと小さかったのに。あなたの小さな手が私の人差し指をギュッと握ったのよ。小さな手で力一杯。

泣き声が大きくてね。みなに迷惑になるから夜泣きすると、お母さんお前を抱いて外まで行ったのよ。歩きながら歌うと静かになってね。もういいかな、って止めると、またすぐに泣いて。歌が好きだったのね。だからお母さん、ずっと歌ってた。しばらくしたら、満足したように眠ってた。私の腕の中でね、小さな小さなお雪がスヤスヤと眠っているの。どんなに疲れて眠くても、その顔を見ているだけでお母さんは幸せだった。ごめんね、もう少し一緒にいてあげられるはずだったんだけど。

千代が櫛を置いて、布団を敷く。

お雪を寝かせてから灯りを消し、隣に添い寝した。もしかしたら最後になるであろう、この子の寝顔を見ておきたかった。

おやすみ、千代がお雪の頬に手を当てると、「おやすみ」と言ってお雪が千代に見えぬよう顔を横に向ける。そして、鼻をすすり、苦しそうに嗚咽(おえつ)を堪(こら)え、肩を丸めた。これで別れなきゃならないことを知っているのは千代だけではなかった。母の覚悟は当然、お雪にも伝わっている。

「……お……お母さん」

お雪が嗚咽の隙間から必死に言葉を押し出す。

「うた……うたって……」

堪(たま)らずにお雪はぐしゃぐしゃに濡れた顔で千代を見る。

「お母さん……うたって……」

親指でお雪の頬に伝う涙を拭って千代が微笑む。

雨ふり　カエルがぴょんぴょこり

ひとふり　ふたふり　水たまり

まあるい　おいけで　ちゃぷちゃぷ

雨ふり　帰ろかぴょんぴょこり

おそらの　たいこが　ドンドコリ
おやまの　むこうは　てるてる

信夫は一階の奥にある帳場へ行き、金庫の中から売上金の入った巾着袋を持って大部屋へ向かった。大部屋ではすでに大半の者が寝ており、起きている女郎も静かに酒を飲みながらの半目であとは寝るのを待つばかりである。

「みんな、ちょっといいか」

信夫はこれから話すことを頭の中で整理しながら声を掛けた。すぐに目を覚ます者もいたが、そうでない者は肩を軽く揺らして起こした。起こされて不満そうにしている者もいたが、信夫の声の調子がいつもと違うせいか、目を擦りながらも文句を言わず信夫の言葉を待っている。

全員を注目させたところで中央に信夫は座り、事の顚末を話した。どこまで話そうか悩んだが、何をどう掻い摘んでいいのかわからず信夫は知っていることを全て話すことにした。どうせいずれはみなが知ることになるんだ。

千代が中村をやっちまった。

中村がお雪に手を出して、千代が刺した。

鈴江と死体を捨てに行ったけども途中で警官に見つかった。

最初は驚いて声も出なかった女郎たちだったが、話を聞いているうちに前のめりになってくる。それでどうなった？　どこを刺した？　どうやって死体を運んだ？

もっと不安になり困惑すると思っていた信夫は少し安心した。とても事の深刻さを受け止めているとは思えない。まるで紙芝居を見ている子供じゃねぇか。

「いや、知らねーよ。俺も実際に見たわけじゃねぇから」

質問攻めを信夫が足蹴にすると、女たちから不満が飛び出す。

千代が中村を殺したことも、みな、驚いてはいたが中村に同情する者はおらず、むしろ千代やお雪に同情した。可哀想に、あんな奴のために監獄に行くだなんて、と。

「千代とお雪は今どこに？」

女の一人が聞いてきたので、下に二人でいると信夫が教えると女は、「ここに来たらいいじゃない」と言いかけて、その言葉を呑み込んだ。親子の別れを邪魔するような野暮なことはしたくないのだろう。

「――で、だ」

ここからが本題と言わんばかりに信夫がわかりやすく姿勢を改める。

「もう燕屋は終わる」

わかってはいたが、はっきりそう告げられると女たちも静かになり、信夫の話に黙って耳を傾ける。きっとしばらくしたらここに警官がどっと現れる、燕屋はもちろん店じまい、お前らもしょっ引かれて警察で二、三日は過ごすことになるだろう（もっとも二、三日で出てこられるのは過去が綺麗さっぱりな奴だけで、そうでない奴はついでに監獄にぶちこまれるかもしれねぇが）。お前らも面倒は嫌だろ？　どっか別の店を探してくれ。

言うべきことを全て伝えると信夫は巾着袋をひっくり返し売上金を畳に広げた。きっちり人数分で分け、半端な分は自分の財布から付け足して女郎たちに「わりぃな。今まで世話んなった」と言って手渡す。

金を受け取った女たちは戸惑いながらも身支度を整え、どこに行く？　知り合いにツテがあるから一緒に来る？　と身の振り方を相談しながら店を出る準備を始めた。

信夫が大部屋を後にし、帳場へ整理に向かっていると玄関には今まさに外へ出ようとする千代がいた。

「行くのか？」

「ごめんなさい。本当はみなに謝らなくちゃいけないんだけど、なんて言っていいのか……」

「気にすんな。わかってくれてるよ」

引き戸を開くと、すでに雨は止んでいた。通りには少し人通りもある。雨宿りをしながらたらふく酒を飲んだのか、二人組の酔っ払いが肩を組んで陽気に軍歌を歌っている。

信夫は店先まで出て、千代を見送る。

「お雪のことは任せろ」

千代が両手を前に揃えて深く頭を下げる。

「ありがとうございます」

千代は随分と長い間、頭を下げていた。そして、頭を上げると信夫の目をじっと見つめた。言葉はなかった。信夫が小さく頷くと、千代は背を向け河川敷のほうへと向かっていく。

曲がり角で消えるまで信夫は見ていたが、最後まで千代が振り返ることはなかった。遠くのほうでは酔っ払いが水溜まりに足を取られ、連れの男が大声で笑っている。

一時間もしないうちに燕屋から女たちは全ていなくなった。信夫は玄関で最後の一人を送り出した後、大部屋に戻った。

誰もいなくなった部屋は随分と広く見えた。いつもは万年床に酒瓶が転がっているような部屋だったが、布団は部屋の片隅に綺麗に畳んで重ねてあり、空いた酒瓶もまとまっている。簡単にではあるが部屋は全体的に掃除されていた。

「できるんだったら普段からやってろよ」と信夫が苦笑する。

帳場に戻り、灰色の布袋に煙管や歯ブラシなど私物を詰め込み、千代が置いていったお雪の着物や本を包んだ風呂敷とともに玄関に置いた。それから一部屋ずつ回り、なにか金になりそうなものはないか探した。当面は職なし、手持ちの金だけじゃ心細い。しかし、考えてみればそんな大層なもんがこの燕屋にあるわけもない。客間にある燭台ならいくらかになるかとも思ったが、重い割にはどうせ二束三文だろうと諦めた。

一通り部屋を見回り、準備が整ったところで最後に雀の間に向かう。お雪行くぞ、信夫が襖を開ける。が、部屋で寝ているはずのお雪がいない。

信夫がハンチングを深く前にずらし顔を覆う。

部屋の隅には綺麗に畳まれた布団が置いてある。

お雪は河川敷へと向かっている。千代が部屋を出た後、寝ようとはしたものの寝られるはずもなかった。眠ったら、もう二度と千代に会えない。今ならまだ間に合うかも、そう思うと居ても立っても居られなかった。

布団を畳んで、寝巻きから着物に着替え、懐には手拭いに包んだ果物包丁を忍ばせた。助けなきゃ。あのお巡りさんさえどうにかすればいい。その後、三人で遠くに逃げたらいいんだ。そしたらまた一緒に暮らせるもの。早くしなきゃ。お母さんと鈴江さんがどこかに連れて行かれる前に。

燕屋を抜け出したお雪が早足で二人のもとへと急ぐ。舗装された道を過ぎると、雨でぬかるんだ土に大八車の車輪のあとが残っていた。一緒にいくつもの足跡がある。その中にはまだ雨に流されていない新しいものもある。お雪にはそれが千代の足跡であることがすぐにわかった。足跡は真っ直ぐな等間隔で、それだけで千代がどんな気持ちで歩いていたのか、どんな覚悟で歩いていたのかわかる気がした。

ふと見ると、道に金魚がいた。ずっと歩いてきて行き倒れたように、道の真ん中で絶命している。最初に気がついたのは一匹だけだったが、よく見ると泥にまみれて十数匹、赤や黒、尾ひれが長いものや、まん丸したものまでいて、お雪を囲んでいる。僅かな水溜まりの中で口をパクパクしている金魚もいたが、ほとんどが死んでいた。死んでいるはずなのに、金魚は真っ黒の目を丸々と開けている。中村もそうだった。お雪は、人は死んだら勝手に目を閉じると思っていたが違った。人も金魚も死んでも目を閉じない。動かなくなるだけで、今しがたまで自分がいたこの世を焼き付けるように目を開いている。

金魚の目が全て自分に向けられている気がしてお雪は途端に怖くなった。恐怖心を振り切るには早足では足りなくて、いつの間にか走っていた。懐から果物包丁が落ちぬよう上から押さえて全力で走る。

ようやく辿り着いた河川敷に千代はいなかった。鈴江も警官もいなければ、中村も、中村を巻いていた布団、大八車もなくなっていた。まるで昨夜の出来事が全てなかったかのように、静かな雨上がりの河川敷を朝日が照らしている。全部、本当に夢だったらと期待したがそんなわけはない。坂道には無数の足跡があった。小さい足もいくつかあったが、硬く重そうな足跡があちらこちらにある。坂道にはところどころ、杭が打たれている。杭には札がぶら下がり、それぞれ『キ2』や『ト6』などと筆で書かれていた。

多くの足跡と大八車の車輪の跡がそうしているように、お雪も坂道を登る。土手の上まで行って辺りを見回すも足跡の持ち主らしき姿は見えない。

どうしたらいいのか。

どこに捜しに行けばいいのか、右に行くか、左に行くか、それさえもわからない。燕屋を飛び出したときの強い気持ちは消え、お雪の中には不安しか残っていなかった。

雨上がりの河川敷の草むらはカエルたちの鳴き声が賑やかだ。

東の空が少しずつ明るさを取り戻す中、小さな背中を丸めてお雪は来た道を戻る。

燕屋に面した通りを歩いていると、店の前に人だかりができていた。数名の警察官、その周りを近所の野次馬が囲んでいる。両手を後ろ手に縛られ、立て膝をついた信夫が警官の一人に殴られて倒れると、髪の毛を鷲摑みにされ再び同じ姿勢にさせられ、鼻先まで顔を近づけた警官に罵声を浴びせられる。全ては聞き取れないが、どこだ！　出せ！　といった言葉はお雪にも聞こえた。

お雪が近づくと、信夫が一瞬こちらを見てすぐに目を逸らす。そして、はっきりとお雪にも届くように大きな声でわざとらしく言った。

「だから知らないんだよ！　そんな子供。ウチにいねぇって」

お雪は足を止める。

私を捜している。

引き返すべきかどうか迷っていると、警官の一人がお雪の存在に気がつき、あまり口を動かさないようにして隣にいる警官に何かを伝える。言われた警官は横目でお雪を確認してから、平然と帽子を被り直したかと思うと間髪を容れず、一気にお雪のほうへと走り出してきた。咄嗟のことでお雪は動けない。

信夫が走って警官の背後から体当たりすると警官が転げた。

「行けぇえ！」

信夫の声でようやく足が動いた。すぐ脇の路地へと走る。背後から革靴が地面を蹴る音がいくつも聞こえる。振り返らずお雪は路地を右に左に駆け抜ける。この辺りで育ったお雪にとって裏庭のような場所、目を瞑(つむ)ったってどこに何があるのかはわかる。

しばらく走ってからお雪は民家に隠れた。木でできた塀は作りが悪く引っ張れば小さな隙間ができる。前に野良猫を追って入ったことがある、その庭に忍び込んで金木犀(キンモクセイ)の裏に身を潜めた。

しばらくすると、外を走り回る警官たちの気配がなくなった。お雪は塀から首を出して辺りを見回し、慎重に路地へと出る。表通りは避け、そのまま路地を行く。曲がり角のたびに首を覗かせても、警官の姿は見当たらなかった。

しかし、どこに向かっていいのかわからない。燕屋には戻れない今、行く宛などない。近所の人たちはいるが、私を隠してくれるかどうか。もしかしたら警察に連絡されるかも。福子さんなら助けてくれそうだけど、家の場所を知らない。

お雪はあえて人通りの多いほうへ向かった。お雪は学校には行っていなかったが、表通りは小学校へ通う同世代のたくさんの子供たちが歩いている。お雪はその中に紛れた。

六区の通りに出ると、道の先に数名の警官が立っている。その中の一人は真新しい真っ白な包帯を顔中に巻いて、通りの真ん中で子供たちの顔を一人ずつ確認している。鈴江さんが簪で刺したあの警官だ。顔を見られたらまずい。

振り返って走り出したら余計に目立ちそうなので、お雪は下を向き、なるべく警官から離れた道の端を歩き、髪を直すふりをして顔を隠した。しかし、不自然だったのか横を通り過ぎるときに、

「おい」

と警官に声をかけられた。

立ち止まってはならない。お雪は声に気がつかないふりをして歩き続ける。再び警官に声をかけられたが、歩き続けた。声は徐々に背後から近づいてくる。

お雪は早足で目の前にいる子供を追い抜こうとしたが、その拍子にスルリと何かが落ちて、地面に乾いた金属音を響かせる。振り返ると、地面には懐に入れていた果物包丁が転がっていた。その僅か先で警官が同じように地面のそれを見てから、顔を上げてお雪を見る。

お雪は走った。

行き交う人々の隙間を潜り抜け必死に走る。警官が甲高い笛を吹き、怒号が飛ぶ。

お雪は咄嗟に脇道へと入る。

建物の裏口を過ぎたところで塀をよじ登り、落ちないように塀の上を歩きながら建物と建物の間を小走りに進む。警官たちは気がつかずにそのまま路地裏の奥へと走っていった。

お雪は建物の小さな窓を開け、飛び込む。

誰もいないその中を一目散に向かったのは何度も来たことのある秘密の小部屋。

風見座の屋根裏でお雪は足を抱えて小さく丸まる。胸を内側から太鼓で叩かれているみたいに心臓が激しく脈打つ。震える膝を手で押さえつけるも、押さえつけたその手はさらに激しく震える。

少し落ち着くと、忘れていたように涙が一気に出てきた。声を押し殺してお雪は泣き続ける。泣きすぎて苦しく息をするのもままならず、時々、水泳の息継ぎのようにして大きく息を吸い込み、また膝に顔を埋めて咽(むせ)び泣く(うず)。

——泣いたままお雪は眠った。目を覚ましたのは昼過ぎ。三味線と笛の音が泣きはらして重たくなったお雪の瞼をこじ開けた。お雪も何度も聞いた、客を入れるときの囃子だ。開場してから客が席に座るまでの間、囃子に合わせて舞台上ではひょっとこの面をつけた道化が踊る。いつもは聞くだけでワクワクするその囃子も、今のお雪には耳障りに感じる。

芝居が始まってからは尚更で、どんな歌も台詞もくだらなく馬鹿げて聞こえた。穴から覗く気にもなれず、お雪は耳を塞いで体を小さく丸める。途中、小便をしたくなったが下に降りるわけにもいかず、必死に耐えるも我慢できなくなってそのままの体勢で用を足した。温かい小便が尻の周りに広がり、板の隙間を流れていく。

夜の部が終わったら下に降りようと思っていたが、終演後は舞台上で新作の稽古が始まり、結局、劇場から人がいなくなったのは深夜になってからだった。誰もいなくなってからお雪は便所に行き用を足し、水道に口をつけて水を飲んで、再び屋根裏に戻って眠った。

次の日も同じように三味線と笛の音で目を覚ました。やはり今日も昨日と同じように芝居も音楽もうるさく聞こえたが、一つだけ違ったのはオペラだった。オペラだけは心地よく耳に入ってきて、お雪も知らぬ間に聞き耳を立てていた。男性の低く太い声が機関車のように大地を這うと、女性の高く澄んだ汽笛のような歌声がお雪を振り向かせる。

思わず穴から舞台を覗き込む。白いドレスの女と海軍の格好をした男が花売りの少女に囲まれる中で歌っていた。こんなに悲しくて、こんなに辛いのに、お母さんや鈴江さん、みんなが大変な想いをしているのに、お雪は舞台から目が離せない自分を薄情に感じた。

その日の夜も稽古は遅くまで続き、全てが終わり誰もいなくなったのを確認してからお雪は劇場内へと降りて、ロビーへと向かう。灯の消えた劇場内は暗く、窓から差し込む外灯や向かいの店の灯だけが頼りだった。灯りをつけてもいいが、外から見えてしまうかもしれないのでそのままにした。最初は見えづらかったが、次第に目が慣れてくる。

入口の大きな扉には色ガラスがはめてあり、そこから外を覗く。劇場は終わったが、六区の通りはまだまだ終わりそうにない。上機嫌な顔をした大人たちが大勢歩いている。通行人に交じって警官が歩いているのが見えて、お雪は咄嗟に扉から離れた。

ロビーは横長に広く、入ってすぐに客席へと続く大きくて重い、赤い革張りの扉がある。壁には出演者のブロマイドや香盤が貼られており、両脇には二階席へと続く階段がある。右手の階段の手前には売店。役者のブロマイドや絵葉書、酒や菓子などが置いてある。

お雪は売店を覗いた。腹が減ってたまらない、もうどれくらい食べてないだろう。一昨日からだ。一昨日の夕飯、いや、その後にお母さんと食べた林檎、あれが最後。あれからなにも食べていない。売店に陳列された饅頭に煎餅、畳鰯(たたみいわし)に佃煮、どれでもいいから口に入れたかった。手を伸ばそうとするが、気が咎(とが)める。お母さんになんて言われるか。お母さんに怒られるようなことはしてはならない。

けど。もう無理だった。なんの言い訳も思い浮かばないうちに手が饅頭に伸びる。餡子の甘さで頭の中が溶けそうになる。一つ食べると先ほどの罪悪感はなんだったのか、二つ三つと食べてしまい、満足したところでやっと罪悪感に襲われた。饅頭を抜き取った隙間がやけに目立つので、なるべく自然に見えるように並べ直し、お雪は屋根裏へと戻った。

屋根裏に這いつくばり、お雪は穴から舞台を覗いている。

外に出れば警察に捕まる。そもそも出たところで行く宛もない。お雪は風見座の屋根裏部屋から動けずにいた。夜中の稽古が終わったら下に降りて便所に行き、食べ物を探す。それを繰り返す日々。食べ物は売店だけではなく、役者たちの楽屋にも日によって違うが煎餅やら団子があったり、ゴミ箱を漁(あさ)れば弁当の食い残しがあった。食い物を調達して夜明け前には屋根裏部屋に戻り、再び夜が来るのを待った。最初の頃は観る気がしなかった芝居も再び興味が湧いてきた。むしろそれだけがお雪の唯一の楽しみで、自分の置かれた現状を忘れさせてくれる時間であった。

今日も客が全て席に着くと道化踊りが終わり、最初の演目が始まった。舞台袖から学生服を着た役者が台詞を言いながら登場する。

男子学生　「ああ、どうしたものか燃えたぎるこの想いは。じきに出兵するというのに、目を閉じれば君が浮かび、目を開けば君を探している。愛おしきあの人よ」

学生が台詞を言い終えると、カゴに野菜を入れた女学生が登場する。

女学生「あら、三吉さん？　こんなところで何をされているの？」

男子学生「あ、いえ。たまたま近くを通ったものですから」

女学生「え？　たまたま通るって、こんな畑しかないところを？」

男子学生「あ、いや、あの！　それは！　つまり！　ですから！」

男子学生が大袈裟に慌てふためくと客席から笑い声が聞こえた。ウケに気分を良くした役者はさらに大袈裟に動きをつけて慌てると、客席からさらに大きな笑いが起きる。

この演目は数日前から演じられている。お雪も何度か観ているが、この場面はいつも違う。ウケれば今のように長くなるし、そうでなければすぐに次の話へ変わる。演じる役者によっても随分と違って見える。あまり上手じゃない人だと、すぐに滑稽な表情をしてあまり面白くない。今日の人は上手だ。最初は目だけが慌てて、小さくやって、そこからどんどん大きくしていく。鈴江さんがよく言うやつだ。出すところと引っこめるところがちゃんとしてる。歌もお芝居も同じなのかな。

女学生「見てなすって、蝶々だわ。綺麗ね」

男子学生「ええ。とても綺麗です」

全身黒ずくめの黒子が釣り竿のようなもので吊るした蝶を女学生が指さすと、その女学生の横顔を見ながら男子学生が恥ずかしそうに答え、客席から照れ笑いが起きる。「蝶は知らぬ、自分の美しさを。蝶は知らぬ、あの花々さえ見劣りすることを。蝶は知らぬ、どれだけこの手に止まって欲しいのか」という男子学生の台詞に合わせてお雪も小声で口を動かす。夜中の稽古からずっと観ているので自然と覚えてきた。

以前は、風見座で見た演目を夜、燕屋の大部屋でお姉さんたちにやって見せるのがお雪の楽しみだった。お酒を飲んでいるみんなの前で、一人で舞台を身振り手振り説明し、時には歌い踊り、一人で何役も演じた。みんなが嬉しそうに笑ったり拍手をしてくれたり、それが楽しくって仕方がなかった。そのせいか役者さんの細かいところを観察したり、頭の中に台詞を書き留めたりするのが癖になった。

舞台上でピアノに合わせて男女が歌い始めた。お雪は一緒に口ずさみながら、今日はこれを燕屋のみんなにやってみせようか、と帰る場所がないことを忘れて舞台を観ている。

誰もいなくなった夜中は唯一、お雪が自由に動ける時間だった。当初は必要最小限のことしかしなかったが、数日間過ごすうちに用がなくても朝方までは劇場内をふらついて過ごすようになった。

今日もゴミ箱から漁った弁当箱を持って二階席の扉を開いた。お雪も信夫と何度か座ったことのある場所。一階席は二十五銭だったが、二階席は二十銭とわずかに安かったので決まって二階席だった。

二階席は舞台を上から囲むようなコの字形に作ってある。座席は全部で三十席あるが、混んでいるときは立ち見や床に座る客もいるので倍は入る。

一階席は舞台と同じぐらいの横幅で、横十二席の縦十五列で百八十人が座れるが、こちらも混んでいるときは、二百人以上を入れることもある。一階席ではさすがに立ち見で同じ料金とはならず、二階席料金での観覧となる。

それでも入りきらない場合、土曜の夜や年末などはロビーで音だけを聞かせることもある。これもどういう訳か二階席と同じ料金なので客からの不満も多い。しかし、わざわざ六区に来たのだからそれでもいい、と金を払って音だけを聞く客もいるにはいた。

お雪は二階席で誰もいない舞台を見ながら残り物の弁当を食べ終えると、一階へ降りて廊下の突き当たりにある舞台袖へ続く扉を開けた。

舞台袖には書割やら机や椅子、小道具が置かれている。その舞台袖から暖簾(のれん)を潜ると役者たちの楽屋が三部屋ある。大部屋が一つに、小さな部屋が二つ。小さな部屋の一つは座長の部屋で、革張りのソファやら立派な調度品が並んでいる。もう一つの小さな部屋は女優部屋。女性出演者の人数のわりには手狭である。所狭しと化粧台が並び、その逆側の壁には衣紋掛けに衣装が吊るされている。お雪はその中から青いドレスを手に取って、自分に合わせて姿見に映した。いつかのオペラでヒロインが着ていたドレスだ。裾も長く、大きさはとても合わないが、あの舞台に立っていた女優になれたような気がしてお雪はくすぐったい気持ちになる。

大部屋には扉がなく、広い間口に暖簾が掛けてあるだけだ。横に細長い部屋の片側には長い板が壁に取り付けてある。机代わりのその板には、鏡やら台本、化粧品が置かれ、頭の形をした丸い玉にさまざまなカツラが載っている。こちらも壁一面に衣装が並んでおり、王様から警察官に農夫といろいろある。

今日は誰かの差し入れか、カステラもあった。前に一度だけ、千代が客から貰ったカステラを食べさせてもらったことがある。柔らかく香ばしい、じゃりじゃりとした甘い砂糖の味が口の中に蘇ってくる。お雪はカステラを一つ摘んで口に放り入れた。当初は感じていた罪悪感など今となってはどこ吹く風、親指と人差し指についた砂糖を交互に舐めた。

楽屋で座布団を枕に寝転び、一休みしてから舞台上へと足を踏み入れる。舞台上には夜の部の最後の演目で使った山里の書割がそのまま残されている。大きな山と小さな山、田んぼの隣には水車と小屋が描かれている。

木の板が敷き詰められた舞台上をゆっくり歩き、中央に立ってお雪は客席を見渡した。舞台上から見る客席は自分が思っていたよりもウンと広い。大勢の客前に立つ役者はどんな気持ちなのか。お客さんがみんな笑ったり、泣いたり、拍手したり。きっと気持ちいいのだろう。私がお姉さんたちの前に立ってもあんなに楽しいんだから。

「蝶は知らぬ、自分の美しさを。蝶は知らぬ、あの花々さえ見劣りすることを。蝶は知らぬ、どれだけこの手に止まって欲しいのか」

お雪は昼にやっていた芝居の台詞を呟いた。誰もいない客席なのに少し恥ずかしい気持ちになる。そして、次はもっと大きな声で役者の身振り手振りを真似して言ってみた。言い終えると台詞の余韻が空っぽの劇場に響く。満員の客席から沸き起こる拍手を想像してお雪が無人の客席に向かって両手を広げる。

お雪の体が指先から耳たぶまで熱くなり、頬が赤く染まった。

一度、大きな声を出すとお雪は大胆になってきた。

舞台下手に置いてある、茶色い木で作られた、背丈がお雪と同じぐらいのアップライトピアノの蓋を開けた。

鍵盤の表面を軽く指でなぞると、無造作にそのうちの一つを指先で押し込む。

劇場内に針のように細く尖った音が響いた。客席で聞くのと近くで聞くのとでは随分と違う。客席では耳の辺りで止まっていた音が、近くで聞くと耳を通り抜けて頭の中まで突き刺してくるようだった。

もう一度、同じ鍵盤を叩く。

これ、音は違うけど、三味線でいう三の糸の音かな。高くて尖った音。

今度は左端の音を叩いた。大きな鬼が足を踏み鳴らすような低く重たい音が腹に響いた。

左が低くて右が高いんだ。出せる音は三味線よりもウンと広いけど、左が一の糸だとしたら次が二の糸で三の糸と繋がってるみたい。

人差し指で次々に鍵盤を叩いてみる。

見た目も音も弾き方も全然違うけど三味線と似ている部分もある。例えば真ん中あたりのコレ。この音は三味線の四本の一の弦と同じ。三味線の一の弦が四本なら、ピアノはこの真ん中の音。

隣の黒い部分を叩くと三味線で指一本分の音がずれるのも変わらない。無闇矢鱈（むやみやたら）に叩いても音の調子が合わないのも同じだ。けど三味線と違って調弦はできないから、ちゃんと自分で仲間の音を見つけなきゃならない。

これを続けて叩けばピアノは歌ってるみたいに綺麗な音を出す。たしか弾いている人は両手でやっていた。しかも同時に。

お雪は二つ一緒に叩いてみたが、なんだか音が仲良くない。狭い場所に入って肘で押し合っている。もう一回、一つ間を開けて二つ一緒に叩くと、今度は音が仲良さそうに腕を組んで劇場内を飛び跳ねた。これだ。左手を同時にいくつか叩きながら、右手で歌うようにするのかも。指が少しずつ動き始める。池の飛び石の上を進むように、恐る恐る一歩ずつ確かめて。

やがて。人差し指一本で弾いていたところへ中指や薬指も合流する。音が時を刻む。

舞台上の書割に描かれた水車が回り、田んぼが実る。

山里の風景が紅く染まり、次に雪が降る。

ピアノの転調に合わせて雪が溶け、春が始まる。

書割の山里に花が咲き、舞台上を蝶が舞う。

お雪のピアノに合わせて舞台上で季節が過ぎていく。

劇場の天井の澄み切った青空から光が降り注ぐ。

音が光になり、光が歌になる。

おぼつかなかったお雪の指が鍵盤の上を跳ねる。けんけんぱ。右手が楽しそうに遊んでいる。左手は優雅に泳ぐイルカのように白い海面を波立たせる。

鍵盤を弾く指が徐々に速くなり、その指がスラリと細く伸びていく。指は縦横無尽に鍵盤の上で遊び、右手が鳴いたかと思えば、左手が怒り狂い、かと思えば互いに愛し合った。

結んだ髪はすっかり伸びて、丸みをおびた尻のあたりまで垂れ下がる。ピアノを弾きながら身体を揺らすたび、髪先は指揮者が振る棒のように宙をなぞる。お雪から少女が消えていく。顎は細くなり、胸は膨らみ、楽屋から盗んだ白いワンピースに身を包んでいる。ワンピースの裾から覗く真っ直ぐに伸びた美しい脚がペダルを踏むと、音はより一層広がり天まで届く。

お雪が立ち上がり席を外してもピアノの鍵盤は動き続け、お雪の代わりに音を奏でる。客席では酒を飲んだ女郎たちが楽しそうに見ている。

お雪がバイオリンを手に取り弾くと、舞台袖から割り箸を鼻と口の間に挟んだ信夫が登場する。信夫は陽気なバイオリンの音色に合わせて道化のように踊ると、客席の女郎たちが手を叩いて笑う。

バイオリンと弓がお雪の手から離れ、宙を浮かびながら信夫の周りを踊っている。

お雪が歌い出すと、二階席で福子と妙が大福の取り合いで揉めている。

舞台の両脇から千代と鈴江が出てきてお雪に合わせて歌う。

舞台の中央でお雪がワンピースの裾をめくり、音に合わせて爪先で飛び跳ねる。千代と鈴江も同じように踊る。信夫がぎこちなく真似するのをみなが笑う。


そして、みなが歌う。

王様は　ルンタッタ　ルンタッタ
いつも　ルンタッタ　ルンタッタ　タッタラー　ハイ!

畦道に咲く花よ　誰に咲いているのか
鳥が口笛を鳴らす
風に揺られる花よ　誰を待っているのか
蝶が踊り羽ばたく

風見座の舞台上に花売りの格好をした女優が歌いながら登場すると、ウワッ、と大きな歓声が埋め尽くされた客席から発せられた。一階席はもちろん二階席も猫が入る隙間もないほどに鮨詰めだ。二階席で客がかぶりつくように体を半身乗り出し、下で見る者は今にも上から人が降ってくるのではとヒヤヒヤしている。

数年前、高木徳子率いる「世界的バラエチー一座」が、浅草六区にある劇場「キネマ倶楽部」でオペラを演じたのをキッカケに、浅草では空前のオペラブームが始まった。よく言えば流行に敏感、悪く言えば「客さえ入ればなんでも良い」という六区の興行主たちはこぞってオペラを公演した。とは言っても、演出家や脚本家、役者自身も実際に本場のオペラを観た者は少ない。よその公演を真似て、さらに手を加えたものをよそが真似をする。もはや原形は留めていなかった。

初期の頃は、『ボッカチオ』や『蝶々夫人』『椿姫』などの名作の名場面だけを繋ぎ合わせて短縮した作品が多かったが、なんせ浅草の客は飽きるのが早い。興行主たちは、客が喜ぶように頻繁に演目を変えたが、当然すぐに底をつき、次第に日本人の手によって一から作られた完全和製オペラが演じられるようになる。

オペラと言っても、全て歌で演じる本場のようなオペラではなく、台詞と歌で構成されたオペレッタと言われるものに近い構成だが、次第にそれさえも曖昧になり、洋物の楽器を使って歌うものは全てがオペラと言われていた。

当初、オペラ通の者たちはそれらを「浅草オペラ」と揶揄(やゆ)していたが、なんせ内容がわかりやすく、日本人に耳あたりの良い曲ばかりで、さらに客ウケを狙ったお涙頂戴、ときにはお色気頂戴と本場のオペラにはない魅力が満載。馬鹿にしていたオペラ通たちもいつしか称賛の意味を込めて「浅草オペラ」と呼ぶようになっていた。

そんな浅草オペラに猛烈に魅せられた者たちはペラゴロ（オペラ好きのゴロツキ）とも呼ばれ、ここ風見座も連日のように客席はペラゴロで埋め尽くされた。舞台上で歌う花売りの少女を演じる池谷セツ子は、風見座の看板女優でありファンも多い。彼女が舞台に出てくるだけで声援に指笛に劇場内が騒がしくなる。

「うるせぇな！　黙って観てろ！」

隣で「セツ子！　セツ子！」と騒ぐペラゴロに腹を立てた坊主頭の男が怒鳴りつけると、言われた瓶底メガネが睨み返して、「セツ子！　セツ子！」とさらに大きな声で男に向かって叫ぶ。坊主頭が「テメー、この野郎」と男の胸ぐらを摑むと試合開始。殴り殴られ、周りにいた者を巻き込んでの大乱闘。浅草の劇場ではさほど珍しい光景でもなく、無視して舞台を観ている客もいれば、オペラよりも面白いとワクワク観戦している者もいる。

そんな乱闘騒ぎを我先にと止めに入ったのが信夫である。

「おいおい。落ち着けって」

間に入って体を引き離すが、頭に血が上った連中がそれぐらいで大人しくなるわけもない。何度も引き離し、ついには巻き添えを喰らって殴られた。それでも、めげずに信夫は、「やめろって！」と果敢に騒ぎの中心に入っていく。喧嘩に加勢する者も一人、二人と徐々に増え、舞台そっちのけの大騒ぎ。

そのうち喧嘩をしていた坊主頭の男が手を止め、袂を探り、おや、という顔をしてから何かを探すように懐に手を当てる。そして、眉を曲げ信夫を睨みつける。

「おい、お前だよ、そこの！」と信夫に近づき両手で襟を摑んで持ち上げる。信夫の踵が浮く。

「お前、どさくさに紛れてやったな？」

「は？　やったって何を？」

「財布、盗ったろ！」

と言うと、信夫の言葉を待たずに容赦のない拳固が鼻を潰した。床に倒れ込み、鼻の穴からツーッと流れる血を手で拭うと、今度は信夫が詰め寄り、「テメー、何しやがんだ！　この野郎」と坊主頭の襟首を締め上げる。

しかし、別の男がまた「あれ？　俺も財布がねぇぞ」と言い出すと、喧嘩は一旦収まり、みなが自分の財布を確認した。

財布を盗られた男は最初に言い出した坊主頭を含めて三人。疑惑の目は信夫に向けられた。

「おいおい、勘弁してくれよ。俺はただお前らの喧嘩を止めただけじゃねぇか」

男たちに羽交い絞めにされ、信夫は身体中を調べられたが結局、ポケットから出てきたのはわずかな金と拭けば余計に手が汚れそうな手拭いだけで、信夫への疑いはようやく晴れた。

ふん、と落胆した様子の坊主頭の男に、瓶底メガネが詰め寄った。ははーん、言い出しっ屁っていうぐらいだしな、さてはお前がやってんじゃねぇのか？　疑われないようにテメーが被害者の面してよ！

「馬鹿言ってんじゃねぇ！　だったら調べてみろ。ケツの穴まで見られたって何もありゃしねーよ」

瓶底メガネが坊主頭の身体検査をする。最初に懐、次に左の袂、そして右の袂を探ると瓶底メガネの顔つきが変わる。袂に手を入れ、中から財布を取り出すと、周りの者に見えるよう手を上げて得意気に示した。訳がわからないと坊主頭の男が口をパクパクしている。

「あ、それ俺の！」

別の男が言った。

形勢逆転。瓶底メガネが長財布で坊主頭の男のおでこをペチペチと叩きながら言った。

「言わんこっちゃねぇ。人に罪を擦りつけやがって。最近、ここらで財布をくすねてる奴がいるって聞いてたけどよ、お前だったのか!?」

おぉ、コイツが例の！　俺もやられたんだ！　私の弟もやられたのよ！　と針金のような視線で坊主頭の男を串刺しにしている。中の一人が「金、返せよ」と肩を小突くと、それを皮切りに一瞬のうちに囲まれ右から左から罵声を浴びて、上から拳固、下から足蹴、男が袋叩きにされる。

騒ぎを尻目に、信夫はこっそりと劇場を後にする。

舞台では花売りの少女が道ゆく紳士に花を差し出し唄っている。

「くくくっ。そりゃ、ご苦労なこったな」

神原が喉を鳴らして笑った。

「笑いごとじゃねーよ、ジィさん。危うく袋叩きだぜ」

信夫が殴られた鼻をさすりながら言った。

六区から言問通り、馬道通りを抜けて吉野通りを歩いてすぐにある長屋の集落。そのうちの一戸に神原は住んでいる。


信夫は葛飾にある小菅刑務所で七年を過ごした。非合法な売春宿をやっていることはもちろん、千代や鈴江の逃亡を手助けした（あの日、尋ねてきた若い警官に嘘をついた）こと、警官の公務を妨害して傷害を加えた（お雪を逃がすために警官に体当たりした）こと、それらが重なっての刑期であった。

刑期を終える最後の半年、同房になったのが神原だった。神原はスリの常習犯で、刑務所暮らしは何度も経験済み。本人曰く「別宅みてぇなもんだ」とのことだった。

信夫は神原からスリに勧誘された。スリ稼業は四十年近くのベテランだが、七十歳を過ぎた頃からどうにも指の動きが芳しくない。

「頭は耄碌しちゃいないが、体が追っつかねぇのさ」

そこで、だ。

俺の代わりにお前がやるってのはどうだ？　俺が学んだスリの極意を包み隠さずお前に伝授してやる。そんじょそこらで教えてもらえるような技じゃねぇぞ。なんせ俺が長年の研究と実践で培ってきたスリの奥義よ。俺もこの先、長くねぇ。せっかく手にした技を墓場に持ってくだけじゃもったいねぇだろ？　どうせ死んだら地獄行き、地獄じゃこの指捌きも役に立たねぇ。せいぜい鬼からタバコをくすねるぐらいよ。

「この技を後世に伝え残していくのが、俺の最後の仕事だと思ってんだ」

看守からくすねたタバコを運動場の裏で吸いながら神原が言った。

ただの盗人が後世になにを伝えるんだか、と信夫は思ったが、神原の人柄は嫌いじゃなかった。神原の過去の偉業（？）も面白かった。講談師のような語り口で臨場感たっぷりで、聞いているうちに自然と手に汗握った。

実際、信夫の目の前で看守からタバコをくすねる技も見せてくれた。作業終了の判子を押してもらう一瞬の隙だった。看守が判子を紙に押しつけて、紙から判子が離れる瞬間にはもう神原の左手にはタバコがあり、それはそれは見事な手捌きだった。

次第に信夫も興味が湧いてきた。

　どうせ刑務所を出たところで行き先もなければ、やることもない。ここを出たら神原と手を組むことを約束して、それからというもの時間があると神原先生によるスリの授業が行われた。

　神原が出所してから二ヶ月ほど遅れて信夫も刑務所を出て、七年ぶりに浅草へ戻った。

「浅草なんぞ地方から出てきた『どうぞ盗ってください』ってな田舎もんがウジャウジャいるところだぜ」

　当初は、信夫がスリで稼いだ上がりから半分を寄越すように神原は望んだが、教えて貰うとはいえ、実際に失敗したら捕まるのは信夫だ。それが半々というのは割に合わない。信夫が六、神原が四ということで話は落ち着いた。

「さ、そろそろ飯か。食っていくか？」

　ミカン色に染まり始めた西の空を見て、神原がお椀を手に立ち上がる。近所の残飯屋に列ができる頃だ。

　残飯屋――軍隊や病院で余った飯を買い取って、貧困街で売り捌く店。魚か煮物か、米かパンか、一体何がよそわれるかはお椀を差し出すまでわからないが、大きなお椀でも一杯一銭と手頃なこともあって、貧民街では大抵の者がそこを台所代わりにしていた。どれぐらいの量があるかはその日に出た残飯によって違うので、早くから列に並ばなきゃならない。運が悪ければ次の日まで空腹、もしくは近所に頭を下げて残飯のさらに残飯を売ってもらう他ない。

「今日はいいわ」

殴られて口ん中も切れている、この傷口に酢の物でも入ったら堪らねぇや。折り曲げた座布団を枕代わりにして信夫が横になる。

「ちょっと寝かせてもらうぜ。家に帰る気力もねぇよ」

「おう、そうか」

神原がそう言って出ていった。

こんな顔で家に帰ったら兵助はともかく福子にいろいろ問いただされて面倒だ。世話になってるから悪くも言えねぇけど、出所してからというもの福子の野郎、まるで母親だ。どこにいた？　何をしてた？　仕事はしてんのか？

当然、スリをしているなんて言えるわけもなく、信夫は福子や兵助には知り合いの大工の仕事を手伝っていると嘘をついている。

さ、夜まで一休みするか、信夫が目を閉じる。

外からは「こら、そんなとこで小便すんじゃねぇ」と子供を叱る親の声が聞こえる。

その向こうから、野良犬同士が喧嘩する声が聞こえる。

「うるせぇ、よそでやれ！」

その声の後にキャンという鳴き声が聞こえたので誰かが犬に石でも投げたのか。

信夫は眠りにつく。


目覚めた信夫が向かった先は昼間も来た風見座だ。

時計はとうにてっぺんを過ぎている。風見座の営業は終わっているが六区の通りは終わらない。それどころか、これからが山場である。入口付近に立った信夫は、通行人の視線を気にしながら扉を引くが、当然、開かない。

まだ、あの方法は使えるか？

路地から裏へ回り、劇場と横の建物の間にある塀に信夫は足をかけてよじ登り、綱渡りよろしく、塀の上を歩く。

建物の中ほどの信夫より少し高い位置に木枠の窓があり、開こうとしたが鍵が掛かっている。が、木枠の窓は建て付けが悪く、少し触れただけでガタガタと音を立てた。よし。多分、あの頃のままだ。

試しに信夫は窓ガラスに手の平を当てて、上下に何度かゆすると、丸い金具に掛けられた釣り針状の鍵は簡単に外れて窓は開いた。

体を持ち上げ忍び込んだ信夫は息をひそめ、昼間、騒動のあった二階席へと向かう。

扉を開き、誰もいない二階席の一列目と二列目の席の間に向かい、床に貼られた濃い朱色をした絨毯の切れ目をめくると、目的の財布が二つあった。信夫は胸を撫でおろす。坊主頭の男に気がつかれ、どう誤魔化そうかと思った矢先、ありがたいことに男は信夫を殴ってきた。それで倒れた隙に床に隠し、一つは坊主頭の懐に忍ばせ罪を擦りつけた。

しかし、安堵も束の間。

財布を腹の中にしまって信夫が扉に手を掛けると、誰もいないはずの劇場の舞台に灯がついた。信夫が慌てて座席の裏に身を潜める。

誰かいる！　まだ劇場に人がいやがった。

足音が聞こえた。舞台上に出てきたのか、靴底が板に当たる音がガランドウの劇場内に響く。

コツ、コツ、コツ。

やがてその足音は止まり、少し間を開けてピアノの音が聞こえた。軽やかで楽しげな音楽が奏でられる。音の粒がカエルみたいに跳ねて一階から二階席、劇場中をぴょんぴょんと飛び跳ねて遊んでいる。カエルの蹴り上げた足が水面に作るように、いくつもの輪っかを劇場内に作り出す。

次に歌が聞こえる。女の高く澄んだ歌声が劇場内に広がると、その歌声の上をカエルが気持ち良さそうにスイスイと泳ぎ始める。

畦道に咲く花よ　誰に咲いているのか
鳥が口笛を鳴らす
風に揺られる花よ　誰を待っているのか
蝶が踊り羽ばたく

昼間、聞いた歌だ。花売りの格好をした女が歌っていた。

だけど、あの女じゃない。あの女よりも、今聞いている歌のほうがうんと上手い。

信夫はあまりに違うので最初は同じ歌だと気がつかなかった。

信夫は逃げるのを忘れて聞き入った。そして、見たくなった。どんな女が、どんな風に歌っているのか。一目でいいから見てみたい。そんな状況じゃないことは、信夫自身も重々承知である。だが、子供の頃から芝居が大好きな信夫だからこそ、その思いはひとしお。まずは一目見る。逃げるのはそれからでも遅くないだろう。

這いつくばったまま、二階席の最前列まで行き、腰ほどの高さの壁に指をひっかけ、ゆっくりと頭を上げる。信夫の視界に舞台の上に吊るされた照明やらカーテンが目に入ってくる。あと少し、もう少し、そして信夫の視界が女を捉えた。

え――。

信夫の半開きの口から薄い呼吸が漏れる。

同時に女も信夫を捉えたのか、歌はピタリと止んだ。

おい、ちょっと待て……嘘だろ……。

あの日、千代と交わした約束を信夫は忘れたわけではなかった。あいつを一人にしない、俺が面倒を見る、その約束を。けど、ムショの中じゃできることは何一つなかった。出所してから馴染みの娼婦や遊郭にも聞いて回った。

「年の頃なら十六、七さ、目元がくりくりして、少し癖毛の女だ。親もいなけりゃ身寄りもない、そんな寂しい女は知らないか？　笑うときには歯を全部見せて笑うんだよ、そいつは。くしゃりとさ。

いや、ちょっと待てよ。そりゃ笑ったらそうかもしれないが。笑ってねぇかもしれねぇな。あー、そうさ。きっと笑えてねぇだろうよ。そんな状況じゃねぇもんよ。きっと一人で寂しく、いつも下を向いて歩いているんだ。どうだ？　そんな女はいないか？　なにか少しでもいい、思い当たることがあった教えてくれ」と。

けど、手がかりになるようなことは何一つなかった。いやいや、きっと大丈夫。どこかの町でどこかの優しい人に拾われて幸せにやってるはずさ、と信夫は自分に言い聞かせた。けど、そんな都合のいい話があってたまるか馬鹿野郎、とすぐに自分で打ち消した。きっと、あれだ。どこかの人でなしにコキ使われて、体を売らされて、雑巾のように搾り取られ、病気になって葬儀もしてもらえず川に流されてお終いだ。そうに違いない。それもこれも俺がいけねぇんだ。あのとき、お雪から目を離さなければ。すぐに腕を引っ張って燕屋を出ていればそんなことにはならずに済んだのによ。いやいや、きっと大丈夫。どこかの町でどこかの優しい人に拾われて――その繰り返しだった。

舞台の女は微動だにせず、体を硬直させ、こちらを見ている。

「……おい……おまえ」

信夫が声を発すると、女が舞台袖へと走り出した。

「おい！」

信夫が二階席の扉から外に出て、一階へと階段を降りていく。大急ぎで八段ある階段を三歩で駆け降り、一階席の扉を開き、客席の間を走り抜け、先ほどまで女がいた舞台の上に立った。

嘘だろ。いや、そうだ。間違いない。見間違えるわけがねぇんだ。何年一緒にいたと思ってんだ。まだ歯も生え揃ってねぇ頃から知ってる。初めて立った瞬間だって俺は見てたんだ。たまたま大部屋で俺と二人きりだったんだ。初めて立てた自分に自分が驚いたような顔してやがって、それが可笑しくてな。それで俺が拍手をくれたら、顔をくしゃりとして笑ってたよな。

あの顔を見間違えるわけがねぇよ。たとえ何年が経とうと、どんな顔になっていようが俺にはわかる。俺だけじゃねぇ、あの頃、燕屋にいた者なら誰だってわかるはずさ。

ガタ、と音がした。

音のほうを信夫が見る。舞台の天井から聞こえた。また再び、天井からガタと物音がしてから、音は消え、静寂に包まれた。信夫には自分の荒くなった息だけが聞こえている。

「あそこは……」

信夫は舞台裏から梯子を伝って、天井裏へと上った。天井裏には夜の部で使うであろう、紙吹雪の入ったザルがいくつか置かれている。ザルには色違いの紙吹雪が入っており、それぞれに演目順の番号が振られている。

信夫は奥にある柱の前に立った。見上げると、屋根裏との間に薄い板が並んでいる。板は長い年月の経過によって中央部分が湾曲して辛うじて載っているような状態だ。

信夫が柱に足をかけ、その板を手でずらし、頭半分を中に入れ、のぞき込んだ。子供の頃に兄貴の兵助と来てから何度も来た場所。一人で来たこともあったし、アイツを連れて来たこともあった。小さいアイツは俺の肩に足を乗せて、この屋根裏によじ登っていたっけ。そのアイツと最後に来たのは七年も前だ。

板の隙間から屋根裏が見える。部屋の広さは変わってないが、中の様子は随分と違う。物が多い。あれは何だ？　なにか衣装のようなものが壁に掛けられ、床には台本らしきものが積み重なっている。それからバケツに、菓子の空き箱のようなもの。壁には劇場のポスターが貼られている。

そして、その奥に女の足が見えた。膝を抱えて丸まっている。膝の前で組んだ手が小刻みに震えている。顔を膝の間に埋め、長く伸びた髪は床に届いている。

「……おい」

信夫の声を聞いた女が少しずつ顔を上げる。

「もしかして」

もしかして、などと言ったものの信夫に迷いはない。

「お雪か？」

おもむろに女が顔を上げる。長い髪の奥に隠れた目が信夫と合う。少し癖のある髪の毛、ぱっちりとした目が信夫の顔をじっと見る。そして、ひび割れた唇を僅かに開いて声を出す。

「……おじちゃん？」

信夫はお雪をつれて兵助、福子と一緒に住んでいる入谷の家に向かった。

入谷までの道中、行き交う人々は奇妙なものを見るような目でお雪を見た。元は白のワンピースだったが全体的に黒ずんでおり、裾はところどころが破れている。さらに薄汚れた細い手足に、膝まで伸びきった長い髪の毛。通行人が不気味がるのも無理はない。信夫はなるべく目立たぬよう人通りの少ない道を通ることにした。

「つまりよ、お前はあの日からずっとあそこにいたのかよ」

「……他に行く場所もなかったから……外に行ったら警察に捕まるし」

「たまげたな、おい。けどよ、どうしてたんだよ？　食い物とかよ」

なんせ七年である。七年もの間、あそこに隠れてたと言うのだから信夫には信じられない。目を丸くしている信夫にお雪はどうやってあの屋根裏部屋で生き抜いたのか説明した。水道は楽屋横の流しもあったし、便所にもあったので困らなかった。食べ物は売店の菓子をくすねたり、楽屋に置かれた差し入れ、ゴミ箱に捨てられた弁当の残飯、時には小道具で使われた野菜などを食べていた。最初の頃は調子に乗りすぎて食べたせいか、「誰かが盗み食いしてる」という噂を役者がし始めたので最低限をいただくことにした。服も小さくなってきたときは楽屋の衣装から拝借した。十歳の頃は農民になり、十二歳の頃は狩人、十五歳の頃は軍人、とさまざまな職業の服をまとって過ごしてきた。服がボロボロになったときは、楽屋の裁縫道具を使って自分で直した。

昼過ぎから夜までは屋根裏で息を潜め、穴から舞台を見た。夜は誰もいなくなった舞台で一人歌い、踊り、楽器を弾いて過ごした。たまに今日の信夫と同じような状況で、たまたま居合わせた劇団員に見られてしまい走って逃げたこともあるが、そのたびに翌日、「昨日、女の幽霊が出た」と劇団員が噂するのをお雪は穴から見ていた。次第に風見座には、「女の幽霊が出る」「昔、舞台で死んだ女優の霊だ」などと噂が流れた。

「すげぇな、おまえ。そんな生活よ、おれのムショ暮らしよりよっぽどだぜ」

「おじちゃんは今、何してるの？」

「え？」

お雪には知られたくない、と思った瞬間に、信夫は自分のしていることがいかに恥ずべきことかを自覚した。女郎屋の世話役が胸を張れる仕事かと言われたら、当然そうではないが、女衆の面倒を見て、女衆の生活を支えているという自負があったので恥ずかしいと思ったことはなかった。

だが、スリってのはどうだ？　小指の先についた鼻くそほどにも人様の役になんて立たない。ただただテメーが楽して生活してぇから、人様が一生懸命に働いた金をくすねてるだけの盗人さ。とてもじゃないがお雪には言えねぇよ。

「今は知り合いの大工を手伝ってんだよ」

突然のお雪の来訪に福子は目を剝いた。狂喜乱舞し、年月を経てさらに大福に似てきた大きな丸い体で、そのまま畳の中にめり込むんじゃないかとお雪が心配するほどに飛んで跳ねた。

「どんだけアンタのことを捜したか……」

興奮が一段落すると、今度は泣きながらお雪を抱きしめた。抱きしめたと思ったら、「なんで私の家に来なかったんだよ！」と顔を真っ赤にして怒り、怒ったと思ったら

「ほんとに良かった！」と泣きながら笑ったりと、大忙しの感情である。

　事件の後、すでに店をやめていた福子は警察の厄介にもならず、お雪を知る者で唯一自由に動ける人間だった。朝から晩まで浅草中を歩き、通りの隅から犬小屋、隅田川からドブ川までお雪を捜し回った。しかし、何日も何ヶ月も捜したがお雪は見つからなかった。散々、神頼みした浅草寺もなんの役にも立たないものだから、腹が立って地面に落ちてた犬の糞を賽銭箱に投げ入れた。

　刑務所の面会に来るたび、肩を落としてその経過を信夫に報告した。信夫は福子に「そんなに思い詰めるな」と励まし、端(はた)から見たらまるでどちらが囚人だかわからないぐらいだった。

　それがこともあろうか、目と鼻の先、風見座の屋根裏にいただなんて夢にも思わない。いや、福子は屋根裏の存在を知らないのだから仕方ない。しかし、信夫はどうだ？　そもそも屋根裏に最初に連れて行ったのが信夫なんだからわかり得ただろう。怒りの矛先が信夫に向けられる。

「なんで気がつかないのさ！　え!?　私が足を棒にして捜してたってのに」

「いや、だってまさかあんなところにいるとは思わないだろ？　普通」

と言い訳をした後、信夫が福子の足にチラッと視線を送る。

「けどよ、福子。その足が棒になったたってのは無理があるぜ。へへ」

信夫が笑うと、容赦のない拳固が信夫の脳天にお見舞いされた。

福子はお雪に聞きたいことも、信夫をぶん殴りたいことも山ほどあったが、その前に風呂に連れて行くことにした。

「なんだか臭うもの。なんて言うのかしらね？　この臭い。あ、そう、エビだわ、エビ。あんた腐ったエビみたいな臭いがする」

七年も風呂に入らず、時々、便所の流しで顔を洗うぐらいの生活だったのだから腐ったエビみたいな臭いもするかもしれないが、そうはっきり言われたのではお雪もたまったもんじゃない。なんせ身なりは汚いが、十六歳の乙女である。お雪は薄汚れていてもわかるぐらいに顔を赤くした。そんな赤くなったら、ますますエビみてぇだな、と言う信夫の腹に、今度はお雪が肘を喰らわせた。

「いてて。……あれ？　そういや兄貴はどうした？」

「どうせ、また飲みいってんだよ。タコ助のやつ、ちょっと体の調子が良くなったら飲みにいって、そんでまた調子崩して、その繰り返しだよ。いい加減、くたばってくれたら楽なのに」

福子はぶつくさ兵助の愚痴を言いながら着替えを持ってお雪を銭湯に連れていき、その帰りに買った焼き鳥をお雪に食べさせた。久々のまともな食い物にお雪は食らいついた。

「おい、そんなに急いで食べたら串が喉に刺さっちまうぞ。そんで、串を横にして食うんだよ。焼き鳥の食い方も忘れちまったのか、お前。なんで縦に咥えるんだよ」

信夫が言ってるそばから串を喉の奥に突き刺し、「おぇ!」とお雪が嘔吐く。

焼き鳥を食べ終え、福子はお雪がこの七年間、何をしていたのか質問攻めにした。そして、信夫に説明したのと同じように、お雪は屋根裏での生活について話した。売店から食い物を盗み、ゴミ箱に捨てられた弁当の残骸を食べ、楽屋から衣装を盗み、ずっとあそこで生きてきた。話し相手はおらず、毎日、芝居だけを見てずっと生きてきた。

福子の質問が一段落したところで、次にお雪が質問をする。聞きたいことはただ一つ、知りたくて堪らないが、その答え次第では絶対に知りたくない、ただ一つの疑問。

「……お母さんは?」

この七年間、ずっと考えていた。もしかしたら、あのまま鈴江さんと一緒に逃げ出せたのかも。そんなわけがないのは幼いお雪だって百も承知だったが、なんせ屋根裏部屋では考える時間がいくらでもある。どんな楽観的な想像だろうが自由気ままにいくらだって考えられた。その逆もしかり。嫌なこともたくさん考えた。もしかしたら、刑務所に入れられて、それだけでは許して貰えず、もっと辛い仕打ちに――その瞬間の母の顔を生々しく想像しては首を横に振ったり、壁におでこを打ちつけたりして嫌な考えを頭の中から追い出そうとした。

「刑務所にいるよ、神奈川の」

福子から聞いた千代の現状は何百、何千と想像した中で最も納得のいく、至極当たり前のものだった。一旦は燕屋に戻った千代が再び河川敷に戻って、その場で御用となった。送られた先は神奈川にある刑務所であった。

「会いに行ける？」

信夫と福子が目を合わせる。お雪にとって辛い返事をしなきゃならない、その役割をどちらが担うのか確かめ合うように。そして、その役を信夫が買って出た。

「そりゃ無理だ」

中途半端な言い方をして変な希望を持たせちゃいけない、と信夫はお雪の目を真っ直ぐに見てピシャリと言い切った。千代には面会が許されていなかった。千代は警官を殺した、しかも警視の息子を。国からしたら極悪非道の成らず者である。そういった連中は一般の牢屋とは別の独居房に入れられ、面会は許されず、刑務作業もさせてもらえず、運動の時間以外はひたすら独居房で過ごすしかなかった。

「残念だけど、諦めな」

お雪の目が一気にどんより曇る。

何もそこまで言い切らなくても良かったか、と信夫は後悔した。変に希望を持たせるってのも余計に傷つけることになるかもしれねぇけど、言い方ってのがあるか。言い方ってのが。

様子を見かねた福子が横から優しく声をかける。

「私ね、鈴江ちゃんには会ってるのよ」

「鈴江さんに？」

お雪の目の中のどんより雲の隙間にわずかな光が差し込む。

「そう。千代ちゃんと同じところにいるんだけど、鈴江ちゃんには面会ができるから」

　同じく神奈川刑務所に収容されている鈴江だが、こちらは一般の受刑者と同じ扱い。死体を遺棄しようとしたうえに、警官の頬に簪を突き刺したのだから重罪ではあるが、千代ほどの刑罰は下されていなかった。しかし、千代に比べれば軽く済んだとはいえ、それでも言い渡された懲役は十三年。すでに七年は務めたが、まだ六年残っている。

「ま、でもちゃんとやってれば少しは短くなるのかしらね。一、二年は」

「お母さんは？」

「ん？」

「お母さんは、あと何年なの？」

　お雪の当然の疑問に福子が言葉を選んでいる。見かねた信夫が助け舟を出す。

「千代は無期懲役だよ」

「……むきちょうえき？　それって何年なの？」

「それは母ちゃんが何歳まで生きるかで変わるな」

「どういうこと？」

「つまり。千代は死ぬまで刑務所だよ」

雷門駅から市電と鉄道を乗り継ぎ、お雪と信夫は福子に連れられ神奈川刑務所に来ていた。受付の看守はすっかり顔馴染みになった福子に何も言わず書類を差し出すと、福子は慣れた様子で書き込む。同じく書類を渡された信夫は、福子の書類を覗き見しながら書き方を真似る。その後ろに立つお雪の姿を看守が見ていることに気がつき、

「あ。この子は私の姪っ子でして」

と福子は嘘の説明をした。七年前の事件とはいえ、警察はまだお雪のことを捜しているはずだ。まさか「千代の娘です」などと説明するわけにはいかない。

受付で部屋番号が焼印された木札を受け取ってから、三人は面会室の前の長椅子に腰掛けた。しばらくすると扉が開き、部屋の中へ通される。

六畳ほどの和室の中央には木製でできた仕切りの壁があり、座るとお互いの顔が見えるように壁の中心部が鉄格子になっている。格子越しに向かい合った座布団にお雪が座った。仕切られたそれぞれの部屋に戸口があり、片方は今しがた、お雪たちが入ってきた戸口。反対側のもう一つの戸が開くと看守に連れられた鈴江が入ってきた。

鈴江は看守に腰につけられた縄を解いてもらっている間、格子越しに座るお雪をまばたきをせずに見ている。

「私の姪っ子！　昔に会ったことあるだろ？　ほら、姪っ子のお春ちゃん」

鈴江が先走ってお雪だとわかるような発言をしてしまっては困る、福子は執拗に姪っ子という言葉を強調すると、隣の信夫が加勢する。

「そうだ。姪っ子だぞ？　な？　ほら、きょうだいの子供ってことだよ。男だと甥っ子、女だと姪っ子だよ」

白々しい信夫の説明に福子が苛立つ。

「ちょっと黙ってなよ、あんた」

鈴江はお雪から目を逸らさぬまま、ゆっくりと腰掛ける。

「……大きくなったね」

鈴江が最後に見たのは七年前のあの夜、大きな雨粒に叩きつけられた瞼を懸命に開けようとしていた九歳のお雪だ。福子から面会でお雪捜しに進展はないと聞かされるたび、その夜は決まってお雪に歌の稽古をつける夢を見た。

無事でいてくれたのか、お雪よ。

おもむろに鈴江がお雪の顔に手を伸ばす。頰に触れるはずの指先は、代わりに冷たく硬い鉄格子に触れる。その反対側から同じくお雪が手を伸ばすと、鉄格子の隙間でお互いの指が触れそうなところで後ろに立つ看守から手を下げるよう注意された。

「鈴江さん……」

僅かに開いた喉からお雪が声を絞り出す。柿色の囚人服、耳の辺りまで短く刈られた髪、それらはお雪の記憶の中の鈴江とは違っている。艶やかな着物姿に、大きく上に簪でまとめた髪、左の辺りからこぼれた頰にかかる長い前髪。あの頃の鈴江さんではない。部屋に入ってきた瞬間、お雪は別人かと思った。だが、近くで見ると目は鈴江のあの目だった。全てを見通すような、お雪の後ろにある景色まで見えているようなあの目。

「ごめんなさい」

「なんでお前が謝るのさ」

「だって……」

あの夜、私が包丁を手にしなければよかったんだ。怖くて、足が震えて、このままじゃお母さんが殺されちゃうと思って、咄嗟に畳に落ちてた包丁を拾って、あの人を刺した。そしたら、あの人は止まったんだ。押さえた手の隙間から真っ赤な血が流れていた。

あのとき、誰でもいいから助けを呼びに行けばよかった。信夫のおじちゃんもいたし、上の大部屋にはお姉さんたちがたくさんいた。誰でもいいから助けてもらえばよかった。そしたら、こんなことにはならなかった。ううん、その前に私がすぐに逃げればよかった。あの人が、あの裸の人が部屋に入ってきたらすぐに逃げればよかった。変な人だとは思ったけど、お客さんだし、怒らせちゃいけないと思って言われるままにして、服を脱がされて裸にされた、あのときに逃げていればこんなことにならなかったのに。

だから、お雪はずっと謝りたかった。千代に、鈴江に、信夫に、燕屋のみんなに謝りたかった。あの日、あの夜までずっと毎日が楽しくて、みんな笑顔で、ご飯が美味しくて、歌って、踊って、そんな日が全部なくなっちゃったから。

「全部、私のせいで。あのとき、私が……」

「え？　なに言い出すの？　いやーね、この子ったら」

福子が看守を気にして、お雪の懺悔を止める。

「そうだぞ、姪っ子。おまえ姪っ子なんだから、もっと堂々として……」

「うるさいんだよ！」

福子に叱られて信夫が口をすぼめる。

「お春……いいかい？」

鈴江が格子に顔を近づける。自分の顔をしっかり見るようにと鈴江に言われ、下を向いたままだったお雪が顔を上げる。

「もし本当に悪いと思ってるんなら、幸せになりな」

「……。」

「私を、私たちを後悔させせんじゃないよ。あんな馬鹿を助けるんじゃなかったって。だから、悪いと思ってるなら誰よりも幸せになりな。いいね？」

「けど」

「けど、じゃないんだよ。約束しな。私の目を見て、ちゃんと約束するんだ」

お雪が黙って頷く。適当に頷いても鈴江には見破られる、だからお雪はちゃんと約束した。一回小さく頷いたその後、鈴江がまだ納得していない様子でお雪を見つめ続けるので、今度はさっきより大きく頷いた。その顔を見て、厳しかった鈴江の表情がやっと緩んだ。

「なぁ、鈴江」

「ん？」

信夫が前屈みになり鈴江に近づき、やや落とした声で鈴江に尋ねる。

「千代には会えねぇのか？」

「え？」

「いや、例えば一言ぐらいよ。今日コイツが、この姪っ子が来たことをさ。姪っ子が無事で元気にやってるってことぐらい伝えられねぇか？」

鈴江が大きくため息を吐く。

「知ってるだろ？　会えないんだよ、私も。遠くから見かけることはあってもさ」

独居房とは棟そのものが違う。しかも独居房に入れられた囚人は刑務作業もさせてもらえず、運動の時間も一般の囚人とは違うので話せる機会は皆無だった。当然、鈴江も千代と何かしら接触しようと試みたことはあるが上手くいかなかった。

「あ。でも、もしかしたら」

鈴江が顎先に手をやって目を細める。

「もしかしたら？」と福子が身を乗り出す。

「前に来たときに言ったろ？　先月から典獄（刑務所長）が替わったんだよ。新しい典獄に」

「うん。それで？」

鈴江が後ろにいる看守を気にして言葉を選び、

「ま、ちょっとね」

と頭の中を整理するように目を細める。

神奈川刑務所の正面口から出てきた信夫と福子は、せっかく横浜に来たのだから南京町で中華麺でも食べて帰るか、と相談している。そのすぐ後ろを歩いていたお雪が足を止めると、数歩して気がついた信夫と福子が振り返る。

「どうした？　お雪。中華麺って腹じゃねぇか？」

「……私も捕まればいいのかな」

「は？」

「私も捕まれば中に入れるかな」

「お雪！　馬鹿なことを言うもんじゃないよ」

福子が近づきお雪の両肩に手を添える。

「鈴江ちゃんも言ってたろ？　あんたが幸せになることがあの子たち、ううん、あの子たちだけじゃないよ。私にも信夫にも、燕屋のみんなにとっての幸せなんだよ」

「そうだぞ」

信夫が福子の隣に立つ。

「俺たちをガッカリさせんじゃねぇぞ。第一、お前が捕まったって、ここのムショに来るって決まってるわけじゃねぇし。入ったところで千代と一緒に暮らせるわけじゃねぇんだぞ？」

福子に肩を抱かれてお雪が歩き出す。ところで昼飯は中華麺で決まり？　と福子と信夫が再び飯の話を始める。

前方から七、八人の男女が大きな荷物を抱えて歩いてくる。若くて綺麗な顔立ちをした男女もいれば、白髪交じりの不機嫌そうな顔をした中年もいる。お雪はすれ違うときに横目でそれぞれが手にする荷物を見た。旅行に行くような大きくて四角い鞄や風呂敷を持つ者に交じって変わった形の鞄を持っている男がいた。茶色の革で包まれた瓢箪(ひょうたん)形の鞄。

お雪には、その鞄の中に何が入っているのかすぐにわかった。風見座で何度も見たことがある。見ただけではない、何度もその鞄に触れた。夜中、誰もいなくなった楽屋から拝借して、中身を取り出し見様見真似で演奏した。ピアノも好きだが、高い音はこっちのほうが好きだった。ピアノの高い音はあまり迫力がなかったけど、これは凄かった。音が光の矢みたいになって、天井を突き抜けていくようだった。ピアノは長く鳴らしたくても止まっちゃう、いくら足の踏むやつをやっても。けど、これは途切れなく鳴っている。息継ぎを忘れた鳥みたいにずっと。名前はたしかバイオリン。そうだ、みんな、そう呼んでた。

その集団がそのまま刑務所の正面口へと歩いていく。

「ねぇ、あの人たちは？」

「え？　何かしらね。まさかこれからみんなで牢屋に入るわけじゃないでしょ？」

集団を見るお雪と福子に信夫が言った。

「慰問だろ」

「あー、慰問ね」

福子だけが納得した様子だったので、首を傾げるお雪に信夫が説明する。

「慰問って言ってな、刑務所にいる連中を喜ばせる、言ってみりゃ余興だよ、余興」

実際、信夫のいた刑務所にも何度か来たことがある。歌や踊りに落語に紙切り、半年に一度ほど受刑者の全員が運動場に集められ、特設の舞台上での出しものを見る。舞台装置もなければ、出演者もこぢんまりとしていて浅草六区とは比べものにならないが、それでも代わり映えしない日々を繰り返す獄中生活では有り難く、信夫も楽しみにしていた。

「それお母さんも見る？」

説明を終える前にお雪が話を遮り、信夫に尋ねる。

「え？　まぁ、見るんじゃねぇかな。俺のいたところでも独居房の連中はいたはず――」

信夫が全て言い終える前に、集団へ向かってお雪が走り出した。

面会を終えたその日の午後、鈴江が炊事場で沢庵を切っている。沢庵は厚さ五ミリ、受刑者それぞれに二枚ずつと決められており、時々、抜き打ちで検査をされてはわずかな誤差でも叱責される。

　ここ神奈川刑務所の受刑者は男女合わせて六百三十四人おり、それらの食事を朝昼晩、囚人たちが炊事場で作る。鈴江は切った沢庵を看守に見つからぬよう口に頬張り、音が立たぬようゆっくりと嚙みながら、これから自分がやることを考えている。しばらく思いをめぐらし、決意すると鈴江は最後の沢庵を切り、器に載せた。

「看守殿！」

　鈴江が看守に手を挙げる。

「三芳。発言を許可する」

「典獄殿の食事ができました。配膳、許可願います」

「三芳。配膳を許可する」

　鈴江が看守に引き連れられ中央棟にある典獄室へと食事を運ぶ。

　朱色の絨毯が敷かれた広い洋室の中央には六脚の黒い革張りのソファが向かい合い、その奥に見るからに重たそうな濃い飴色の机が置いてある。部屋に入ると、典獄はその机で難しそうな顔で書類を睨んでいた。鈴江が「典獄殿、食事をお持ちしました」

と言っても、「うむ」と丸ぶちメガネで書類を見ている。

　鈴江は食事を机に置きながら、入口に立つ看守には聞こえぬよう「お久しぶりです」と囁くと、ちょうど書類をめくろうとしていた典獄の手が止まった。しばらく静止した後、入口に立つ看守に、典獄は医務室から爪切りを借りてくるようにと言い付ける。看守は「ですが……」と鈴江を気にするように見たが、典獄が「大丈夫だ」と言い、看守は部屋を出ていく。

　扉が閉まったのを確認して、典獄がメガネを直す。

「覚えていたのか」

「もちろんです。忘れるわけがありません」

「まぁ、その、元気そうで何よりだ」

　革張りの椅子にもたれ、平静を装おうとするが落ち着かないようで、典獄は顎を触ったり、髪を撫でたりしている。

「いえいえ、典獄殿こそ、あの頃とちっともお変わりなく」

　典獄は吉原時代の客で、鈴江は何度か相手をしていた。

「警察関係のお仕事をしているとは聞いていましたが、まさかここでお会いできるとは思ってもいませんでした」

「……そうか」

「あの頃はお世話になりました。まだ何も知らない私を可愛がってくださって」

遊郭に警察関係者や役人が客としてくることは珍しくなく、それ自体は問題ではなかった。しかし、厄介なのは店が楯突けないのを良いことに、好き勝手やる客も少なくなかったことだ。目の前にいるこの男は特に酷かった。

弱って泣きじゃくる女に興奮するらしく、鈴江は畳に叩きつけられ、顔を踏まれた。そして、髪の毛を鷲摑みにされ、股座に顔を押しつけられる。頭を乱暴に前後に揺すりながら嘔吐く鈴江を見下ろして男は声を漏らしていた。

忘れるはずがない、あの夜を、この男を。あろうことかそれが遊郭での鈴江の最初の夜だったのだから。

鈴江の脳裏にその瞬間が蘇る。拒絶した体は強ばり、逆流した胃酸が口の中に広がる。

「まだ十七歳でした」

典獄は何も答えず前を向いたままではあるが、唾を呑み込んだのは首の周りについた贅肉越しにでもわかった。こんな男がこの刑務所の典獄だ？　鈴江は十七歳の自分の仇を取ってやりたかった。机の上に置いてある紙切り用のナイフを手に取り、そのコメカミに刺したらどれだけ晴れ晴れすることか。

「何か困ったことはないか？」

鈴江がナイフを取る前に典獄が口を開いた。

「でしたら。独居房にいる中原、あっ、千代ですよ、私と同じ店にいた、千代。ちょっと会って話せたら嬉しいのですが」

「それは無理だ。別棟の囚人同士を会わせることは規則で――」

話を終える前に鈴江は典獄の座る椅子を自分のほうへ回し、襟首を摑んで顔を近づける。典獄の生臭い息が鈴江の鼻にかかる。

「無理でもいいからやるんだよ。あんたがここでふんぞり返って人を顎で使ったり、朝礼台に立って偉そうに人間の尊厳とやらを語っていたいんだったらね」

「手を離しなさい」

「あんたがどんな男なのか、ここの連中に教えてやろうか？　連中が知ったらこの先どの面下げて説教垂れるつもりだい。え!?」

扉をノックする音が聞こえ、鈴江が離れて直立する。

ただならぬ雰囲気を感じているのか、動かぬ看守に典獄が「ご苦労」と声を掛けると、看守は怪訝そうに爪切りを典獄に渡し、鈴江を連れて部屋を出ていく。一人になった典獄が大きく息を吐き出し、油で横に流した髪の毛を掌で撫でつける。


「痛い痛い、もうちょっと優しくやってくれよ」

「うるさいんだよ、タコ」

福子が兵助の頭を引っ叩く。

お雪と信夫がいる居間と隣り合った寝室で、福子がふんどし姿の兵助の体を手拭いで拭いている。

彫り師を生業にする兵助は、練習台に自らの体を使うので、体中が刺青だらけである。しかし、自分で彫るので場所は限られており、胸から下、それも正面のみで背中には何も彫っていない。なので裸になるとまるで凧のようだ、と周囲からタコ助と呼ばれるようになった。本人もその呼び名を気に入ってるようで、今となっては兵助と呼ぶ者はおらず、福子もタコ助と呼んでいる。

「にしても、本当にびっくりしたよ」

信夫が昼間のお雪の行動をタコ助に話している。

「走って行ってよ、何すんのかと思ったぜ」

「ほんと。私たちに何も言わないで、いきなりだもの」

福子が桶に入れた手拭いをしぼりながら、信夫に相槌を打つ。

「だって……」

お雪が膝を抱えながら不貞腐れた。

だって、それしかお母さんに会える方法はないもの。あの人たちと一緒に舞台に上がれば、遠くからでもお母さんを見られるかもしれない。お母さんに私を見て貰えるかもしれない。

そう思った瞬間、楽団員のもとへ走っていた――。

「私を入れてください」

突然、そう言われた楽団員たちは、お互いの顔を見合わせる。

「私、歌えます。楽器もできます。だから、入れてください」

やれやれ、とバイオリンを持った男が一歩前に出た。白いシャツに太目のズボンをサスペンダーで吊り上げ、四方八方にボサボサに伸びた髪は芸術家然としている。

「悪いけど俺たちも雇われの身だからさ」

お雪が食い下がる。

「なら私も雇われます」

「いやー、参ったなぁ」

男が苦笑すると、それに合わせて他の楽団員も一笑した。

途端に恥ずかしくなったお雪が顔を赤らめる。遅れてきた信夫と福子が楽団員たちに頭を下げ、お雪の腕を引っ張っていく——。

「へへへ、やるな。お雪。俺の若い頃にそっくりだ」

事の顚末を聞いたタコ助が嬉しそうに言った。

「え？　あんた、そんなことあったの？」と福子が尋ねる。

「……ない。ガハハハ！」とタコ助は笑い、頭を小突かれる。

「けどよ、楽団員はともかく、これからどうするかだな」

ハンチングを脱ぎ、髪を掻きながら信夫が言った。

千代はあのとき、遊郭に入れてくれと言っていたが、ここ数年で遊郭の状況も変わった。客は私娼窟へ流れ、かなりの店が潰れた。残った店も料金を下げ、やっていることは私娼窟と大差ない。遊郭で人生を一発逆転できる時代はとっくに終わっていた。

それでも娼婦をやらせるのか。お雪に。

一瞬、ほんの一瞬ではあるが信夫の頭にそれが浮かんだことは間違いない。きっと福子もそうであったろう。しかし、口に出す前にそれは消す。それは、ならない。自分たちがやってきたことだ。自分たちはそれで生きてきた。信夫も福子も、千代も鈴江も。それで必死に生きて、その稼いだ金で幼いお雪だって元気に育ったことは間違いない。けど、だからと言ってその仕事をお雪にさせるのか。

「大丈夫よ。私が面倒見るから」

「けどよ、だからってこの先、なんもしないわけにもいかねぇだろ？」

「しばらく俺を手伝うか？」

タコ助が言った。みながタコ助を見る。

「いや、最近、体の調子もいいからよ、また彫りの仕事を始めようと思ってたんだよ」

　福子が手を振って眉を寄せる。

「馬鹿言ってんじゃないよ、風呂も一人で入れないのに仕事なんてできっこないだろ」

「だからお雪に手伝って貰うんじゃねぇか。お雪だって、ずっとタダ飯を食わせてもらってたんじゃ気が引けるだろ？」

　タコ助に反論する言葉を探すが、特に思い浮かばず福子はお雪を見る。

「お雪、イヤでしょ？　こいつの手伝いなんて」

　福子、タコ助、信夫の顔が三つ並んでお雪を見ている。

「ううん。私も何かしなきゃいけないし。……お願いします」

　よし、決まりだ！　タコ助が右太腿をパチンと叩くと、太腿に彫られた桜吹雪が宙を舞う。

　鈴江が大きな籠を両手で抱え、さらにもう一つ籠を背中に負ぶって神奈川刑務所の廊下を歩いている。背中の籠には受刑者たちから集めた汚れもの、抱えた籠には洗った囚人服や下着が入っている。

鈴江は炊事班から洗濯班へと配置換えとなった。通常、新たな受刑者や出所した者がいなければ配置換えなど行われないが、今回は典獄の要望で実施された。

洗濯班は洗濯工場にて受刑者全員分の汚れものを手洗いし、外に干し、それらを各受刑者へ配り、さらに汚れものを集めなければならない。刑務作業の中でも洗濯班は過酷である。体を酷使させられ、月に一度しか交換されない囚人服や下着は鼻が曲がるほどの異臭を放ち、冬は冷たい水に手の感覚がなくなる。どこの刑務作業か聞かなくとも、指先のあかぎれを見れば洗濯班であるとわかるほどだ。そこへ鈴江が突如、配属されたのだから典獄の嫌がらせだと周囲の者は同情した。が、当の本人はどこ吹く風。むしろ、配属されてからのほうが生き生きとした様子であった。

特に今日は朝から上機嫌である。洗濯班に配置されて十日あまり、ついに独居房がある東棟へ足を踏み入れる。看守に引き連れられた鈴江が棟の入口で別の看守に引き渡される。

独居房は長い廊下の向かって右側に部屋が並んでいる。各独居房の入口に看守が先に立ち、囚人は汚れものを格子の傍に置くと、裸のまま牢の逆の壁側に立たされる。するると看守が鍵を開け、鈴江が汚れものを回収して、洗った囚人服と下着とを取り換え、再び看守が鍵を閉める。

鈴江が千代の房に入っても、千代は鈴江の存在に気がついていなかった。鈴江を見てもいない。看守のことも。顔はこちらを向いている、が、その目はどこも見ていない。意思が感じられない、空っぽの目で立っている。

鈴江が洗濯した囚人服を床に置いてから立ち上がり、顔を覗き込むとようやくその瞳がわずかに動いた。そして、やっと気がついた。目の前にいる懐かしい顔に。

「あ……」

鈴江が口の両端を上げる。

「なにさ、人を幽霊みたいな顔で見て」

「すず――」

千代が鈴江の名前を発しようとしたところで看守に、「おい！　私語は慎め！」と強く叱責された。牢を出て、看守が鍵を閉めている間も格子越しに二人は目を合わせている。去り際、鈴江が床に置いた囚人服に目をやり、顎で指した。

鈴江がいなくなり——千代は裸のまま格子に近づき、目いっぱい顔を寄せて鈴江が歩いて行ったほうへ顔を向けたが、どうにか鈴江の背中が見えただけだった。

そうだ、あの目は何だったのか。鈴江が最後にした、あの目。

千代は急いで床にある囚人服を手に取った。しかし、それはいつもと変わりのないものだった。

いや、絶対なんかある。だって、鈴江さんは見てたもの。私に何か言いたそうに目をやったもの。

「！」

千代の手が止まる。縫い合わされた襟の部分を弄ると、指先に違和感があった。見ると縫い目がわずかに解けて、人差し指が一本入るほどの隙間があった。その穴に指を入れると、何かが触れる。指先でそれを押さえたままゆっくりずらすと、人差し指とともに小さく折りたたまれた紙が出てきた。

紙を広げる。囚人服を直すための発注書のような表には、「3あ　立石　右袖やぶれあり」と書かれていたが、裏には久しぶりに見る鈴江の字があった。

そこにあるのは、ここに来てから一日たりとも考えなかったことはない、千代がなになりも知りたくて、なによりも心配で心苦しくて、なのに自分には何もできないお雪のこと。あれからお雪はどうなったのか、どこにいるのか、誰といるのか、生きているのか、はたまた――。それらは何ひとつとしてわからなかった。できることは毎日、お祈りをすることだけだった。ただひたすら部屋にある小さな枠から見える四角く切り取られた空に祈ることしかできなかった。

お雪が面会にきた
元気そうだ
心配するな

看守の目を盗んで急いで書いたのだろう。走り気味の字で間違いなく、そう書いてある。たったの三行を何度も何度も読み返し、その小さな紙切れがお雪であるかのように千代は抱きしめる。そして、四角い小さな空に向かって深く頭を下げる。

六十二、六十三、六十四……六十四。
「全部で六十四ある」

「おう、そんなもんか。もっとあると思ってたけどな」

福子が御徒町にある裁縫工場の仕事へ行っている昼間、タコ助が久しぶりに出した仕事道具の手入れをしながら、お雪に自分の体に彫った刺青を数えさせている。

「ちゃんとこれも数えたか、これ」

タコ助が自分の腹を指さす。

「ちゃんと数えたってば」

腹に彫られたコオロギの絵柄。

「ねー、タコちゃん。なんでこんなの彫ったの？」

「おう、これな。昼寝しててよ、目が覚めたらここにコオロギがいたんだよ。俺の腹で昼寝してやがってさ、それがおかしいもんだから思い出に彫っておいたんだよ」

「ふーん。じゃ、これは？」

お雪がタコ助の左太腿に彫られた絵柄を指さす。

「これは鯖寿司よ」

「おう。食ったことあるか？　鯖を酢飯に載っけて、ギュッと潰したような寿司だよ。常連のヤクザが土産にくれたんだけどよ、うめぇなんてもんじゃねぇぞ」

「だからって、なんで彫ったの？」

「うめぇからだよ。へへへっ。俺、馬鹿だからすぐ忘れちまうだろ？　だから、うめぇなって思ったら忘れないうちに彫っちまうんだよ。ほら、これもそうだよ」

右の腰骨あたりには築地で食べた卵焼きが彫られている。

「食い物だけじゃねぇぞ、ほら『一蓮托生』とか『諸行無常』とかよ、難しい漢字も彫ってるだろ？」

タコ助が自慢げに彫った漢字を見せる。

「これもヤクザに教えて貰ったんだよ。ヤクザってのは、ああ見えて頭が良い人が多いんだな。みんな難しい漢字を彫りたがるんだよ。で、いいなって思った言葉は忘れねぇうちに彫っちまうんだよ」

「これはなんて書いてるの？」

右脛とふくらはぎの中間あたりに彫られた漢字。

「これはな『乾坤一擲』って読むのよ。一世一代の大博打って意味らしいぜ。けどよ、なんせ漢字が難しいだろ？　おれ間違えて『坤』って漢字を『伸』ってヤクザに彫っちまってよ。えらい剣幕で怒られて、そのヤクザが舎弟分を連れて怒鳴りこんできやがったんだよ。連中、手にはドスを持ってやがる。さぁ、どうしたもんかと思ったら、福子だよ。あいつが一世一代の大博打に出やがった。

そのヤクザの前に行って『そちらさんの組が益々伸びますようにという願いを込めて〈伸〉という漢字にさせていただきました。私が提案致しました。気に入らなければお好きなだけ指を持っていってください』ときたもんだ。

いやー、しびれたぜ。机の上に指を広げてヤクザ連中に睨みをきかせやがってな。そしたら、連中も納得しやがった。もちろんヤクザも福子が嘘をついてるってことは百も承知さ。けど、その福子の腹の決め方に感心したんだろうよ。大人しく帰っていったんだよ。

しかも、次の日には迷惑をかけたって舎弟が一升瓶を持ってきてさ。のし紙に組の名前と『乾伸一擲』の文字が入ってるんだよ。ヤクザってのは粋なことするもんだね」

一通り話して満足したタコ助が筆に墨をつけてお雪に渡す。

「ほら、描いてみな」

竜、般若、牡丹、下絵の練習で描かれた半紙の空いている部分にお雪が『乾坤一擲』の文字を書く。


「どういうことだよ？　え？」

長屋のせんべい布団に胡座をかいて、神原が信夫に詰め寄る。蠟燭の灯が神原の伸びきった白髪交じりの眉を下から照らしている。

「だから、足を洗うってんだよ」

「足を洗うって、じゃ、これからどうすんだよ」

「車夫をやるんだ。今日、話をつけてきた」

昼間、信夫は浅草を中心に商売している車宿へ向かった。信夫が幼い頃、父親の喜八が働いていたところである。車宿の主人は、信夫よりも五歳年上の先代の息子に代替わりしていた。

信夫が幼かった頃、兄の兵助と喜八の仕事が終わるまでその車宿で待たせてもらっていた。そのときに何度か遊んでもらったこともあり、信夫が喜八の名前を出すと、主人はすぐに思い出してくれた。先代は従業員想いで、喜八の葬式も取り仕切ってくれ、信夫たちが母親に引き取られるまでの数日間、面倒も見てくれた。その心意気は息子にも引き継がれていた。信夫が働きたいと申し出たら二つ返事で受け入れてくれた。


「お前の話じゃねぇよ。俺がどうすんだよ？　これからどうやって飯を食うんだよ」

「どうって言われてもよ」

「お前は若いからいいけどよ、俺にできる仕事なんか何一つねぇんだ。だから、お前にムショで声を掛けたんじゃねぇか。だから、お前に全部教えたんじゃねぇか。そうだろ？」

「そりゃ、そうかもしれねぇけどよ」

「お前が俺と手を切るってことは、俺に死ねって言ってるも同等なんだぞ？　え？　どうなんだよ？」

「堅気になりてぇんだよ。ちゃんと胸張って親代わりになってやりてぇんだ」

「は？」

「俺もガキの時分はいろいろあったからよ、放っておけねぇんだ。アイツを俺みたいな出来損ないにしたくねぇ」

「なんだお前、所帯持つのか？」

信夫は神原にお雪のことを話した。勝手な都合で約束を反故にするのは信夫のほうである。神原にはちゃんと伝えるべきだと思った。事件のことは、以前話していたので飲み込みは早かった。あの夜、風見座の屋根裏でお雪と再会したこと、お雪の親代わりになってやりたい、と素直に気持ちを打ち明けた。

「しゃらくせぇだろ。自分でも驚いてんだよ。俺みたいな出来損ないじゃ、自分一人が生きてくだけで精一杯のくせしてよ、人様の親代わりだなんて馬鹿言ってんじゃねぇって。けどよ、やっぱ放っておけねぇんだわ。見放したら最後、正真正銘のクズになっちまうような気がしてよ」

信夫は鞄から貯金箱代わりに使っている靴下を取り出し、中に入った金を神原に差し出した。

「悪ぃけど、これで手打ちにしてくれ」

神原はその金を受け取り、黙って数えた。

「足りねぇよ」

「え？」

「これじゃお前への授業料には足りねぇってんだよ」

信夫が溜息を吐き出し、靴下に入っていた残りの金を神原の前に置く。神原はその金を手にすると、「ほら、それも出せよ」と信夫の左手を見る。

信夫が観念したように左手をひっくり返すと、手の平に隠していた数枚の紙幣が出てくる。

「ふんっ。この野郎、誰の前でやってんだ？　目はまだ耄碌しちゃいねぇんだ」

「あ、いや、でも、勘弁してくれよ。これまで取られたら明日の飯代もないぜ」

「うるせぇ、知るかそんなもん。オメーは堅気になりてぇんだろ？　親代わりになって真っ当にその娘を育ててぇんだろ？　だったら腹決めろ。その盗んだ金で飯を食わせるってなら今までと同じじゃねぇか」

信夫が舌打ちをして、頭を掻きむしる。

「こんなときにだけ正論言いやがって。……わかったよ！　ほら、全部やる！　もうケツの穴まで広げたって一銭も出てこねぇぞ」

信夫がポケットをひっくり返して有り金を全て神原の前に置く。

お雪が肩を貸し、六区の通りをタコ助と自宅のある入谷方面へゆっくり進む。お雪が抱えた桶の中には豚の足が入っている。今しがた、雷門近くの飲み屋で貰ってきたものだ。

見た目も気味悪いが、臭いも凄まじく、お雪は桶から顔をそむけている。

「タコちゃん、これやらなきゃダメ？」

「ん？」

「これ触りたくないよ、私」

「俺も。へへへっ」

再開した彫り師の仕事だったが、すぐに客が戻ってくるわけもなく、暇を持て余す毎日を過ごしている。そこでタコ助がお雪に彫り方を教えることにした。お雪としては別段、習いたくもないが、強く拒否するほどの理由があるわけでもなく、教えてもらうことにした。その教材にタコ助は豚の足を使うという。豚の皮膚は人間の皮膚に近いということで、タコ助も子供の頃、二番目の父に習ったときは同じくそうしていた。

「そいつが苦手で結局は自分の体で練習しちまったんだよ。そしたらこのザマよ。こんな風にはなりたくないだろ？　周りから『タコ助』なんて言われたかないだろ？　いや、女だから『タコ子』か。へへへっ」

ちょっと休憩だ、と瓢箪池近くにある灯籠を背もたれにしてタコ助が座り込み、煙管を燻(くゆ)らせた。

お雪たちの真向かい、六区の通りを挟み反対側には劇場がある。六区にしてはやや小型で、お雪のいた風見座より一回り小さい。その劇場から半被(はっぴ)を羽織った従業員らしき中年の女が出てきて、開けた扉の取っ手と外に置いてある重石を紐で縛り付けている。

「お前、ずっとあんな小屋の中にいたんだろ？」

タコ助が口をタコのように窄(すぼ)めて、煙で輪っかを作りながら言った。

「暇だったろ？」

「ううん。暇じゃなかった。暇じゃないようにした。暇だと、変なこと考えちゃうから」

「なんだよ？　変なことって」

「死にたいって」

最初の頃は悲しかった。一人ぼっちが怖かった。けど、それよりもどうやって生きていくのか、食べ物どうしようか、そんなことで頭がいっぱいだった。けど、慣れてくると、なんのためにこんなことしてるのか、なんのために私はいるのか、さっさと死んじゃえばいいのに、って。そう考えるようなってきた。もう全部嫌になっちゃって、頭を思い切り振ったり、柱にぶつけたり、髪の毛を引っ張ったり、自分でも頭が変になってきてるってわかった。わかったけど、どうしようもなくて。

けど、お芝居を見てるときだけは変なこと考えなかった。小さな穴から歌ったり踊ったり、泣いたり笑ったり、それを見ているときだけは変なこと考えなかった。ただただ楽しかった。だから、ずっとお芝居を見てた。台詞も全部覚えた。真ん中の人だけじゃなくて、舞台に出てくる人の台詞全部。で、夜になったら誰もいなくなった舞台でその台詞を自分でも言った。一人で全部。ピアノも歌も踊りも全部。

それをみなに見てもらうの。燕屋の夜みたいに。お母さんが鈴江さんが、お姉さんたちがみんな楽しそうに私の歌を聞いてくれてたときみたいに。だから、いつも客席には燕屋のみんながいた。いつか本当にこんな日が来たらなぁ、ううん、きっと来るはずだから。だから、その日のために一生懸命ずっと練習してた。そんな風にしていたら、死んじゃいたい私はどっかに行ってくれた。いつの間にか生きたい自分になってた。生きて生きて、必ずまたみんなの前で歌うんだって。

そのときに思ったの。もしかしたら、お母さんにとって私がそれだったのかなぁって。

捨てられてたんだ私、燕屋の前に。そんな私を拾ってお母さんは、ご飯を食べさせてくれて、いっぱい遊んで、いっぱい教えて、いっぱい叱ってくれた。ずっと不思議だったの。なんで自分の子供じゃない私のためにそんなに頑張ってくれるのかなぁって。だってお母さんは一人でも大変なのに。

だから、もしかしたら私がお母さんのそれ。

私がいつかみんなの前でまた歌いたいって思ってるときのあの気持ち。それがお母さんにとっての私で、私にとってのお母さんなんだって。

だから絶対に死ぬなんて考えちゃいけない。私はお母さんのそれだから。

「ふーん、なるほどな。つまり、あれか？　俺がうまい酒を飲みたいから死にたくないってことと同じか？」

「うん……ん？　まぁ、同じなのかな？」

真向かいの劇場を二人で見つめながら話す。

「あ、おはよう」

従業員の女が男に声をかけると、男は「おはよう」と立ち止まらずに中へ入っていった。

「あっ」

お雪が口を丸く開いた。

あの男の人は、たしかあのときの……。刑務所の前で会った人たちの中にいた。そうだ。手に持っていたもの、あの鞄。バイオリンを入れる、あの鞄を。ここの楽団員だったんだ、あの人たち。

「どうした？」とタコ助が声を掛けるが、お雪は反応せずに真っ直ぐ前を向いている。

そして、おもむろに歩き出す。

「ん？　どこ行くんだよ？　おい」

　お雪はタコ助を見ずに、「ちょっと待ってて」と言い捨てて劇場のほうへと向かう。従業員の女の「ちょっとお嬢ちゃん、まだやってないよ」という声も聞こえない様子で中へ入る。

　――ここに入れば、この人たちの仲間になれば私もあの刑務所に行けるんだ、お母さんに会えるんだ。そう思うと、考える前にお雪の足は動いていた。劇場の中を進み、そのまま大きな扉を開いて客席に入る。舞台上や客席で楽団員が揃って公演の準備をしているようだった。例の男は鞄からバイオリンを取り出している。刑務所の近くで見た人たちも全員いた。

「駄目だって入っちゃ！」

　お雪の後ろからやってきた従業員の女が注意すると、楽団員たちが一斉にお雪を見た。その中の一人がお雪の顔を覚えていたようで、「あ、お前」と声を出す。刑務所の慰問には来ていなかった連中にもお雪の話はしていたのか、「ほら、前に言ったろ？　刑務所の」と言うと、「あー、あれが」と苦笑した。

お雪はそれらの視線にひるむことなく、前に進んだ。突然の乱入者、さらにその乱入者が手に持つ桶には豚の足が入っている。それを知った女の劇団員たちが悲鳴をあげて後ろに下がる。

「私を入れてください」

あのときと同じことをお雪は言った。すると、楽団員の一人が舞台上から降りてきた。楽団員の中では年配らしく、立派な顎髭を蓄えている。その男がお雪に優しく諭す。そんな簡単には入れないよ、誰かの紹介とか、どっかの学校を卒業してるとか、そういうのがないと。なんかあるの？

お雪はさも当然のように「ないです」と答える。

「じゃ、無理だよ。劇場によっては不定期でオーデションをやってるところがあるから、そこに行ってみな」

その楽団員はお雪の肩を軽く叩いた。

他じゃ駄目だもの。ここに入らなければ、あそこの刑務所に行けない。私は歌うんだ。風見座で何度も練習してきた、いつかお母さんに見せてあげるって。だから、絶対ここに入る。ここに入れてもらうまで帰らない。

お雪は食い下がる。

「おじさんが雇ってるんですか？」

「え？」

「あの人が前に言ってた」

お雪はバイオリンの男を指さした。

「前にお願いしたときにあの人に、『俺たちも雇われの身だから』って断られました。だから、おじさんが雇ってる人なら諦めるけど、そうじゃないなら諦めないです。雇ってる人を呼んでください」

「どうします？　辻崎さん」

年配の男がバイオリンの男を見て言った。

「ははっ。参ったね」

辻崎と言われた男は笑って、バイオリンを鞄の中に置き、腕組みをしながらお雪を見た。

「見た目は悪くない、けど特別ってわけでもない」

お雪が辻崎を睨みつける。

「なんですか？　早く雇ってる人を呼んでください」

「俺だよ」

「え？」

「だから、俺が『雇ってる人』なの。この劇団の主宰者。呼んでこいって言ったろ？　ほら、言われた通り呼ばれてやったよ」

「だって、この前『俺たちは雇われの身』だって」

「ははっ。なかなか上手い嘘だと思ったんだけどな。まさか、こんなにしつこいとはさ」

辻崎が椅子に並べたいくつかの楽譜を手に取り、その中の一つをお雪に手渡した。

「やってみろ。一度だけ聞いてやる、それで駄目だったらさっさと帰れ」

お雪は手にした譜面を見つめている。

「ほら、さっさとしろ。こっちも公演の準備があるんだ」

お雪は固まった。譜面を見る瞳が左右に細かく動き、唇を固く結ぶ。辻崎がそんなお雪を見て、クスリと笑い、次第に大きく笑い出す。

「お前、もしかして読めないのか？　譜面が」

「……。」

お雪は何も言えない。楽団員たちもニヤニヤと笑い始める。先ほどまで優しく対応してくれた年配の男も呆れ混じりに溜息を吐く。

「ははは。大したもんだな。どれだけ自信があるのかと思ったら譜面も読めないときたか」

辻崎が舞台上の楽団員に向かって、

「おい、今度これを芝居にしてみるか？　譜面を読めない女優志望の話」

と言うと、みなが笑いながら賛同した。

「どうした？　お雪。大丈夫か？」

よたよたと遅れてきたタコ助が、下を向いて動かぬお雪に声を掛ける。

「用事は済んだのか？　帰るか？」

お雪の肩に掛けようとしたタコ助の手が空振りした。お雪は足早に辻崎の前に立つと楽譜を勢いよく胸に突き返した。腹が立ったのか、薄ら笑いを浮かべていた辻崎が真顔になり、お雪を睨みつける。お雪はさらに一歩、辻崎に顔を近づけ鋭く睨み返した。

そして、舞台横にある階段を登る。お雪が突き進むと楽団員たちが二つに割れる。割れた先にあるアップライトピアノの椅子に座り、蓋を上げ、深く肩で息を吸う。吸った息を静かに細く吐き出すと白黒八十八個並んだ鍵盤の上に手を乗せる。

乾坤一擲。

お雪の指が鍵盤を弾く。

百五十席ある洋楼館の客席に座れなかった立ち見客が客席の周りを囲む。その様子を用意された客席に座る信夫が気分よさげに見渡す。隣にはタコ助、福子が並んでいる。

「いやー、思い出すぜ。あれだよ、あのピアノ」

舞台上に置いてあるアップライトをタコ助が指さして言った。

「あれを突然、ぴょんぴょこ弾き始めてよ。鍵盤の上を指が馬の脚みたいに走ったんだ。そしたら、立ち上がってピャーッと歌い出すんだよ。その歌声がまぁ凄いんだ。耳の穴だけじゃなくて鼻の穴やら尻の穴からも音が入ってくるような気がすんだよ。ヤカンで湯を沸かしたみたいに甲高い音がさ、ピャーッて劇場中に響いてよ。あの体からどうやったらあんな音が出てくんのか不思議でならねぇよ。しかも、ただ歌うだけじゃねぇ、くるくる回ったり飛んだり、アメンボみたいにスイスイと舞台で踊りながらだぜ？　たまげたねぇ、ありゃ。ひひひっ。思い出すぜ、あいつらの顔。口をポカーンと開けてよ、夢でも見てんじゃねぇかって顔をしてやがる。特にあの辻崎だよ、あの野郎、くるっと手のひら返しやがってさ。歌い終わったら涙ながらに握手して『いやー、やっぱり何か光るものを感じたんだ』なんて言いやがって、急に慌てて『他の劇団じゃ君は合わないよ。ここがぴったり。ね？　他には行かないよね？　ね？』だぜ。くくくっ」

タコ助の話をよそに、福子が大福を頬張りながら信夫にも大福を一つ渡す。

「おい、聞いてんのかよ」

「はいはい、聞いてるよ。もう何遍もね」

福子が口についた大福の粉を指で落とす。信夫が、

「聞くたびにちょっと変わってねぇか？　この前聞いたときは、辻崎が『涙ながらに握手した』なんて言ってなかったぜ」

そう言うとタコ助が「そうだっけか？」と笑って惚けた。

舞台袖からピアノ奏者が出てくると、ざわついていた客席が徐々に静かになる。続

いて出てきた辻崎がバイオリンを構えてピアノ奏者と目を合わせると、バイオリンとピアノが同時に鳴った。明るく軽快な音楽が響くと、舞台上に兵隊の格好をした五人の女が歌いながら出てくる。木製の銃を肩に担ぎ、足を大きく上げながら舞台上を行進し、中央まで行くと列が円になり、その場で回りながら歌い続ける。肩に担いだ銃をそれぞれが中央に掲げ、それらが開くと円の中から女軍曹が出てくる。女軍曹が深く被った帽子の庇を人差し指で押し上げると、帽子の下から悪戯な笑顔を浮かべたお雪が現れる。

お雪の登場に客席が揺れる。男の客の野太い声援、女の客の黄色い声援、拍手、指笛、足ぶみ、鳴らせるものはなんでも鳴らしてお雪の登場に沸いている。

初舞台からわずか四ヶ月でお雪は洋楼館の看板女優になった。歌に踊り、さらにはピアノ、どれもが一級品の役者の噂は、六区を一気に駆け抜けた。客席はお雪目当ての客で連日埋まる。その中には他の劇場の役者や主宰者も交じり、終演後には引き抜きの話を持ち掛けられることもあった。引き抜きを恐れた辻崎は、よその劇場の関係者を立ち入り禁止にしたほどである。

しかし、当のお雪は引き抜かれるつもりは当然なかった。洋楼館で舞台に立つ理由はただ一つ、歌っている姿を千代に見せることである。その目的は近づいている。半年に一度の神奈川刑務所への慰問が間近に迫っている。

女軍曹が椅子に座り、敵陣に乗り込む兵隊の心構えを熱唱していると、部下の兵隊たちが軍曹を座らせたまま椅子を持ち上げ、舞台を右に左に行進する。軍曹は宙に持ち上げられた椅子の上で足を組み替え、肘を背もたれに乗せながら我が軍の強さを歌う。

昨夜の不安なんかどこ吹く風だな、舞台上のお雪を見上げて信夫が笑った。お雪は昨日の夜、「絶対に失敗するから来ないで」なんて弱気なことを言っていた。新作を上演するときは福子とタコ助を連れて観に行くのが恒例になっていたが、前日になるといつもそうだった。台詞が入ってない、音が取れない、踊りが固まってない。理由をあれこれ見つけて、「絶対に失敗する」と布団を頭から被った。しかし、実際のところ、信夫から見て失敗したと思うようなことは一度もない（本人に言わせれば失敗しているらしいが）。

たしかに初日は不安になるだろう。見ている側からしてもそうだ。過去にほかの劇場の初日の舞台で数々の失敗を見てきた信夫も、当初はその言葉を鵜呑みにして、不安がるお雪を思いつく限りの言葉で励ましていたが、結局のところ、いつだって歌も踊りも完璧にこなすのだから、次第に励ますのが馬鹿らしくなってきた。

最近では、「わかった。明日は休め。俺から辻崎に言っておくから」と言うようにしている。もちろん休まない。お雪は被っていた布団からひょっこり顔を出して信夫を睨みつけてから、再び布団を被り、いつの間にか大きな寝息を立てて眠ってしまう。

少し前から、信夫はお雪と二人、西浅草にある畳屋の二階を間借りして暮らしている。昔、燕屋の常連だった客が、厚意で安く貸してくれた。とはいえ、車夫の薄給では精一杯である。朝から晩まで人力車をひき続けて、貰えるのはよくて週に五円。スリをやっていれば一日で稼げる額だ。それでも信夫は今の生活が嬉しかった。額に汗水垂らして稼いだ真っ当な金でお雪の面倒を見る。初めて味わう生き甲斐だ。燕屋の時代にも感じたことはなかった。やっと社会の一員になれた気がした。

舞台で稼げるようになったお雪は「これも使って」と給料を信夫に渡してきたが、信夫は受け取らなかった。しかし、お雪があまりにしつこく渡してくるので諦めて受け取ったものの、手はつけていない。お雪が毎月、渡してくる給料は簞笥の奥に全て隠してある。いつか、何かでお雪が必要になったら丸々渡してやるつもりでいる。

「お雪！　日本一！」

信夫が声を掛けると、舞台上の女軍曹がウィンクをして敬礼を投げてくる。


雷門通りで神原が獲物を見つけた。母と娘か、着物姿で上野からやってくる路面電車を待っている。この市電の停留所は神原が見つけた絶好のスリ場である。素人衆はすぐ後ろにある浅草寺に行きがちだが、あそこは商売敵も多く、警察にも目をつけられている。第一、いくら盗人でも神様の前で仕事をするのはいささか忍びない。

その点、ここなら神様の目が届かないのはもちろん、大抵の客は乗る前に運賃を払うために財布の中身を確かめる。そこをこっそり覗いておけば、どんぐらいの金を持っていて、その財布をどこにしまうのかがわかるので、手を突っ込んでも何もなくて空振りで終わることや、盗ったはいいが銭が入っていないなど、そういう無駄がない。

しかも、財布を盗ったら客は電車に乗り込んで勝手に向こうからいなくなってくれるというんだからありがたい。車内で運賃を払おうと財布を捜しているうちに、コチラはとっくに電気ブランでも引っ掛けさせてもらっている――はずだった。

路面電車から降りてくる客を避けるように母親が体をずらした瞬間、神原は近づき、肘にぶら下げた手提げに手を入れ、かすめた財布を新聞に噛ませて歩き出したが、その腕を掴まれた。

「盗ったでしょ、財布」

やはり現役のときと比べて動きが鈍っていたか。母の財布に手をかける瞬間を目にした娘が神原の腕を掴み、周囲に助けを求めると、あっという間に取り囲まれ、神原は警察に突き出された。

「懲りないねぇ、爺さんも」

以前、捕まったときと同じ警官が、田原町にある警察署の一室で調書を書きながら呆れ返っている。

「さすがに今度ばかりは厳しいぞ。その年じゃ刑務所の中でくたばって終いかもな」

言われなくたってわかってるよ、神原が自嘲する。

けど、だからってよ、俺にはそれしかできねぇんだから仕方がねぇよ。ガキの時分から盗人稼業しかやってこなかったこの爺にできる仕事なんざぁ他には物乞いぐらいのもんだ。だから、あいつに教えたんじゃねぇか、信夫の野郎に。その分け前でどうにか飯を食って余生を潰そうって算段だったのに、ったくあの野郎のせいで台無しだ。

何かを思案する神原が、白髪の交じった眉毛を摘んでは引っ張りを繰り返す。

「なぁ、旦那よ。例えば俺がでっかい獲物を教えたらどうだい？」

ふっ、と鼻で笑いながら警官は神原の顔も見ずに調書を書き続けている。助かりたいがために仲間を売るのは常套手段だが、神原のような小物が売る仲間など高が知れている。もしくは、誰もが知っているような仕立て屋銀次の名前でも出すつもりだろう。

「数年前の警部補殺し覚えてるか？」

警官の手が止まり、顔を上げ神原を見る。

「たしか、その現場にいたはずのガキが見つからず終いだったよな？」

「それがどうした？」

「いや、もしもそのガキがどこにいるのか知ってたら、俺の処遇も考えてくれるか？」

警官が筆を置き、背もたれに寄りかかる。腕組みをしてから頬の古傷を指で摩（さす）った。

あの雨の日、相手は三人いたとはいえ、女どもに負けたのかと同僚から揶揄（からか）われ、中村の父である警視からは子供を見つけるようにと散々叱責された。全てそのせいだ、自分のような有能な警官が未だにこんな老いぼれの盗人を相手にしてなきゃならないのは。

警官が神原を見据える。

「……何か知ってるのか？」

神原がヤニで黄ばんだ前歯を見せて口角を上げる。

明け方、車宿の事務所で自分の使う人力車の番号を台帳に書き込みながら、信夫は大きな口を開けてあくびをする。昨夜はあまり寝られなかった。人が気持ちよく寝ている最中にお雪に叩き起こされて、「歯軋り（はぎし）りがうるさい！　寝れないよ」と文句を言われた。そのくせ、すぐに自分は大きなイビキで寝るんだから堪ったもんじゃない。

日本海側から接近している台風の影響か、浅草にも少し強めの風が吹いている。まだ薄暗い六区で残飯狙いのカラスが素っ頓狂な声で鳴き、湿っぽい風が信夫の頬を撫でる。気分のよい朝ではない。

まだ半分しか開いていない目を擦りながら、信夫が遊郭からの朝帰りの客を狙って車庫から人力車を引っ張り外へ出ると、警官が目の前に立っていた。

別段、悪事を働いているわけではないが、警官を見るだけで背中が丸まる。他人事のように軽く信夫が頭を下げると、その警官は信夫に近寄り腕を後ろ手に捻った。

「おい、ちょっとなんだよ、いきなり」

膝裏を蹴られ地面に倒れ込む信夫に、上から押さえつけた警官が手錠をかける。

狼狽える信夫が顔を上げると、その視界の先に神原が立っていた。ただでさえ曲がった猫背をさらに丸め、居心地悪そうにしている。

「爺さん、アンタまさか……」

「悪ぃな」

信夫に向かって神原が顔の前に手を立てる。

「じゃ、旦那。俺はこれでもういいかい？」と神原が警官に尋ねたが、「まだだ。こいつが本当にガキを知ってるかわからない」と言われ、居心地悪そうにしている。

警官は二人を連れて、近くの派出所へ向かった。

神原は奥の座敷で派出所にいた巡査に見張らせ、信夫は椅子に座らせる。手錠の片側だけ外して窓の鉄格子に引っ掛けた。

「あのときのガキは、今どこにいる？」

　その言葉でやっと信夫は状況がわかった。神原がヘマをして、その代わりにお雪を売ったってことか。あの糞ジジィ、盗人にしたって人としては筋が通った野郎だと思っていたけどな。根っからの屑じゃねぇか。

　しかし、信夫も完全に信用していたわけではなかった。神原には事件のことは話したがお雪が今どこで何をしているのかまで詳しくは教えていなかった。

「お前が匿ってるんだろ？」

　警官が頬の傷を摩りながら信夫を見下ろす。また刑務所に行くか？　今度は網走でも行くか？　と最初は口で脅してきたが、何も喋らない信夫に苛立ち手が出始める。最初の二、三発は平手打ちだったが、すぐに拳固に変わり、それでも口を割らない信夫に苛立って、警棒で脛を殴った。これには信夫も応えた。いてぇの、なんのって。

　信夫が悶絶しながら声を上げる。

「本当に知らねぇんだって、本当だよ。何度言えば信じてもらえんだよ」

　擦り寄ってくる信夫を押し退け、冷淡な表情をしたまま警官が再び警棒を振り上げる。

「爺さんが嘘をついてんだよ！」

警官の手が止まる。

「そりゃそうだろ、あの爺さんはスリ師だぜ？　人を騙くらかしてナンボの野郎だ。そんな奴がまともなことを言うわけねぇだろ。自分が助かるためには嘘なんていくらだってつくさ。な？　考えればわかるだろ？」

「……自分が助かるためには嘘を言うのは貴様も同じだろ？」

再び警棒を振り上げるも、「じゃ、連れてきてくれよ！」の声で動きが止まる。

「ここに爺さんを連れてきてくれ。そしたら野郎が嘘ついてるって証明するからよ」

警官はしばらく考えてから、警棒を腰にしまい、奥の座敷に向かった。

四畳半の部屋の片隅で脳天気に壁に寄りかかって寝ている神原に声を掛けるも、起きる気配がない。隣で靴を磨いていた巡査が、その靴で膝を叩いて起こす。はっと目を覚ます神原に警官が「来い」と声を掛ける。釈放と勘違いした神原が嬉しそうに「釈放（パイ）ですかい？」と尋ねる。

「いいから、来い」

警官が顎をしゃくり、その雰囲気からまだしばらく時間が掛かりそうなことを察した神原が、面倒臭そうに頭を掻いて立ち上がる。

しかし、警官が神原を連れて戻ると信夫の姿はなかった。

窓の鉄格子に、片方が開いた手錠がぶら下がっている。警官は手錠の鍵穴に刺さった鍵を見ると、それがもともとあったはずの胸ポッケに手を当てて呆然としている。

「あーあー、駄目だよ、旦那。目を離しちゃ」

警官の隣で神原が苦笑する。

「誰が教えたと思ってんだよ」


お雪が慰問に来る。

お雪が歌う。

鈴江の手紙には間違いなくそう書いてあった。あれ以来、囚人服を取り替えに来るたび渡される鈴江からの手紙。それによればお雪は今、六区の洋楼館で歌っている。

千代は前を通るだけで入ったことはないが、場所は知っている。こんなことになるなら入っておけばよかった。そしたら今よりももっと鮮明に舞台のお雪を想像できるのに。

オペラもあまりわからない。お雪が燕屋で歌っていたのを聞いただけだから、実際にはどんな楽器で演奏されるのかも知らない。独居房の壁に大きなステージを思い浮かべる。大人になったお雪が真っ白いドレスに包まれてステージで優雅に歌っている。

すると、大正十二年九月一日十一時五十八分四十四秒、そのステージが揺れた。床から尻を突き上げられ、千代は前のめりに倒れた。ドドドという大きな音を鳴らしながら床や壁、天井が激しく揺れる。縦揺れが横揺れに代わり、割れた天井の隙間から空が見えた。隣の独居房から悲鳴が聞こえたが、何かが崩れ落ちる音とともに声はぴたりと途絶える。

揺れの中、千代は這いつくばったまま部屋の隅に行き、背中を押し込んだ。天井の隙間がさらに大きく口を開け、今さっき千代がいた場所へ煉瓦が流れ落ちる。床に叩きつけられた複数の煉瓦が粉塵をあげて割れる。

部屋が形を変える。四角かった部屋が潰れた空き箱のように歪に傾く。必死に耐えていた壁も一度崩れ始めると諦めたように、その揺れに身を任せる。くの字に壁が割れ、支えを失った天井もそれに合わせて落ちる。折れた梁(はり)が垂直に千代を目掛けて落ちる。

強い衝撃で味噌汁の入った鍋が土間にひっくり返った。竈が割れ、火のついた薪が転げ出てくる。福子が柱にしがみつく。収まらない揺れに必死に耐えるも、揺れる柱に投げ飛ばされる。その拍子にしがみついていた指先の爪もはがれた。

隣家の一階部分が潰れ、屋根がそのままの形で福子の家の勝手口を突き破る。屋根は仰向けに倒れていた福子の目と鼻の先まで崩れたところで止まった。揺れが収まり、福子は居間に向かおうとしたが腰が抜けて立てない。

床に転がった薪が崩れ落ちた天井板を餌に燃えさかる。火から逃れるようにして、福子が四つん這いのまま居間に向かうと兵助が頭から血を流し、うつぶせに倒れていた。福子が兵助の体をひっくり返し、膝に頭を乗せる。兵助は薄らと目を開ける。

しかし、福子が安堵したのも束の間、十二時一分、再び家が揺れ出し、どうにか耐えていた家の柱たちが悲鳴を上げる。

兵助が福子を見て笑う。

「へへっ。お前と逝けるなら文句はねぇや」

福子が兵助を庇うように抱きしめる。

「馬鹿。こっちは文句だらけだよ」

その言葉を聞き終えて、柱が力尽きる。


辻崎のバイオリンに合わせて、お雪が独唱をしていると洋楼館が揺れた。舞台に立っていられず、お雪は床に這いつくばる。超満員の客もすぐに動くことはできず、椅子にしがみつく。二階席の一部が崩れ、一階席へ破片とともに客が落下する。舞台上のアップライトピアノも耐えきれず倒れる。その衝撃で中の弦が不協和音を奏でる。

舞台袖で出番を待っていた女学生姿の女優が頭から血を流して倒れている。お雪は助けようと這いつくばりながら彼女のもとへ進む。が、お雪の手が届く寸前で上から落ちてきた舞台照明が女優の腕を直撃する。肘から下だけになった腕が舞台を転がる。ピアノは揺れながら弦を鳴らし、ひっくり返ったザルが天井から場違いな紙吹雪を降らせている。

二度目の長い揺れが収まると、客が外へ避難する。辻崎はじめ、動ける劇団員で怪我人を抱えて外へ運び出す。亀裂の入った天井は隙間から粉塵を垂れ流し、崩れる瞬間を今か今かと待ち構えている。誰が言うでもなく生きている者、生き延びそうな者を優先に外へ運び出し、そうでない者は後に回した。

「おい、早くしろ！」

二軒隣の常設映画館から火の手が上がるのを見て辻崎が声を上げる。お雪たちは意識のない若い男性客を抱え、出口へ向かう。しかし、お雪が出口に差し掛かったところで声が聞こえた。子供の声。

お雪は抱えていた男性客を他の劇団員に任せ、足を止め劇場内へ戻る。

「お雪さん！」

劇団員が声を掛けるが、無視して中へ入り客席を見渡す。崩れ落ちた二階席の瓦礫の陰で一、二歳くらいの子供が、倒れた母親らしき女性の裾を引っ張っている。女性は瓦礫の下敷きになっているが、まだ息はあるようで今にも閉じてしまいそうな目を必死に開きながら子供を見つめている。お雪は瓦礫を動かそうとするが、女一人の力では微動だにしない。外へ仲間を呼びに行こうとした瞬間、地面が再び揺れ、お雪は咄嗟に子供を庇うようにして体で覆った。

揺れの中、瓦礫に挟まれた母親が目を見開き、お雪を見つめている。その目が子供をお雪に委ねている。言葉はないが、間違いなくお雪に伝わった。お雪は頷く。そして母親が愛おしそうに子供を見つめると同時に瓦礫が崩れる。

崩れた独居房の中、千代は手探りで右腰に当たったそれを動かそうとするが、どうにもならない。指先にぬるっとした生温かいものを感じた。天井の梁が垂直に刺さったのかもしれない。確認しようにも粉塵に目をやられて何も見えない。

見えないが右手は動く、足先の感覚もわずかにある。だが左腕は何かに挟まっているのか、全く動く気配がない。感覚がない。左腕は動かないのか、そもそもすでになくなっているのか。

薄らと視力が戻ってきたが、別に見えなくても構わないと千代は思った。どうせ死ぬのなら、何を見る必要があるというのだ。自分の上に載った瓦礫を見るぐらいなら、このまま目を閉じて眠ったまま逝けばいい。

そのとき、光が射した。閉じていても瞼越しに目の前が明るくなったことがわかる。

ゆっくり目を開くと、千代の視界に瓦礫を掻きわける人影が逆光のなか浮かび上がる。

その人影が瓦礫から体を入れて千代に近づく。

「今、助けるよ。安心しな」

千代の頬に鈴江の手が添えられた。


浅草は三度揺れた。派出所を抜け出した信夫がお雪のもとへ走っているときだった。裏道から言問通りに出て六区へ向かう最中、凌雲閣が近づいてくるあたりで一度目の揺れが起きた。下から大きく突き上げられて信夫は走った勢いのまま転げた。地面が畝（うね）っている。あたり一面で巨大な魚が身を仰け反らせるかのように道が波打っている。信夫は咄嗟に近くの電柱にしがみついたが、電信柱は激しく揺れ根元から折れた。倒れた電柱が路肩に止まっていた車を運転手ごと押し潰す。

二度目の揺れで凌雲閣が折れた。十二階ある凌雲閣の七階か八階か。首を切り落とされたように形を保ったままズレて下に落下し、大きな土埃（つちぼこり）を上げた。

三度目の揺れが起こると、六区が燃えた。あちらこちらから火の手が上がり、六区の通りに炎の壁がそそり立つ。火の粉や燃えた看板が通りに降り注ぐ灼熱の中を信夫は洋楼館へと走った。

燃え盛る通りを右に左に人々が逃げ惑う。観光客に芸者、公演中の劇場から飛び出してきた侍やら道化。はたまた動物園から逃げ出したのか、浅草には似つかわしくない大きく派手な色をした鳥が、人々の上を甲高い鳴き声を発しながら羽ばたいている。六区の中ほどでは、瓢簞池へ向かって水を求める人々が押し寄せていた。人間が人間を押し、さらにそれを人間が押す。押しつぶされた人間を土台に文字通り人の山ができている。

道端の泥水に持っていた手拭いを浸し、それを頭に被り信夫が走る。

信夫が到着する頃には半壊になった洋楼館の屋根が大きく燃えていた。開いた正面口から黒煙が上がり、中から逃げ出す人々に交じって辻崎が出てきた。信夫が駆け寄り肩を摑むと、辻崎はそのまま倒れた。

「辻崎！　お雪は!?　お雪はどうした!?」

咳き込みながら辻崎が劇場を指さす。信夫は燃え始めている洋楼館の入口を見る。大きく息を吸い、頭に被っていた手拭いで鼻と口を覆い、飛び込む。

——神奈川刑務所の運動場に囚人と看守が集まっている。全ての棟が崩れ、刑務所を囲う塀も全て崩壊した。いつでも囚人たちは逃げ出せる状況だが、誰も逃げようとはしない。民家や工場が炎を上げ、それらの黒煙が空を暗くしている。この惨状に自ら飛び込んでいく囚人はいなかった。

看守と囚人で潰れた棟から命のありそうな者は助け出し、そうでない者は諦めた。結果、六百三十四人いた囚人は五百八十二人になっていた。怪我人も多数出たが、医務室も潰れているので処置はできず、たった一人しかいない矯正医官（医者）は囚人服を切り裂いて包帯にしたり、瓦礫の中から使えそうな木片を集めて添え木にしたりと、急ごしらえで対応した。

鈴江は割れた水道管から吹き出す水を桶に汲み、手にすくい千代に飲ませる。さっき腰に当てたばかりの布切れはすでに赤黒く染まっている。鈴江は必死に励ますも、それしかできない自分に苛立つ。

典獄と看守が集まり、声を落とし話し合いをしている。終わると、典獄が朝礼台の代わりに花壇のへりに登り、看守が笛を吹きみなを注目させる。典獄が救助に当たった囚人たちへ礼を述べてから、死者へ弔いの言葉を送る。そして、手に持った紙を淡々と読み上げる。

〈第二十二条〉

一、天災事変ニ際シ監獄内ニ於(おい)テ避難ノ手段ナシト認ムルトキハ在監者ヲ他所ニ護送ス可(べ)シ若(も)シ護送スルノ遑(いとま)ナキトキハ一時之(これ)ヲ解放スルコトヲ得

二、解放セラレタル者ハ監獄又ハ警察官署ニ出頭ス可シ解放後二十四時間内ニ出頭セサルトキハ刑法第九十七条ニ依(よ)リ処断ス

それは監獄法第二十二条というものだった。

そのあまりに唐突な内容に鈴江を含め、囚人のほとんどが理解できずに戸惑っている。典獄が嚙み砕いて説明する。

「つまり災害時に囚人を安全に避難、移送ができないと判断した場合は監獄法第二十二条により、諸君らを二十四時間に限り解放することが規定されている」

理解をし始めた囚人たちがざわつくのを典獄が抑えるように声を張る。

「ただし、二十四時間以内に戻ってこなければ、たとえ一分であろうが遅れた者は逃亡罪として処罰が加えられる。それから当然、残りたい者は残って構わないが、承知

の通り医療処置もできなければ飯を喰わせることもできない。以上だ」

なにが解放だ、要するに面倒を見切れないから自分たちで勝手に生き延びろってことじゃないか、鈴江は下唇を噛んだが他の囚人たちは色めきたった。一人が動き始めるとそれに続いて一人、また一人と塀の外へ向かって行く。

「……行って」

千代が鈴江に言った。

「私は大丈夫だから。鈴江さんも行って」

大丈夫なわけがない、誰が見たって今の千代が危険だということはわかる。しかし、かと言ってここにいて何ができるのか。見渡す限りの建物が崩れ、炎を上げ、黒煙が空を暗くしている。市内の病院も恐らく同じような状況だろう。今の状況で鈴江が千代にしてあげられること——鈴江が千代の肩に手を置く。

「わかった。私は行くよ」

「うん」

「私はこれから浅草に行く。そして、二十四時間以内に必ずお雪を連れて戻る」

「え」

「だから千代、それまで耐えるんだよ」

鈴江が立ち上がる。


奇跡的に延焼を免れた浅草寺には避難した人々が肩を寄せ合っている。日が暮れて暗くなるはずの空を、家々を燃やす炎が赤く照らしている。あちらこちらから泣き声と呻き声が聞こえる中、お雪は信夫が拾ってきたゴザに横たわる。意識はないが、死んではいない。いや、死んではいないはず。時々、不安になり信夫はお雪の口元に耳を寄せて呼吸を確認する。

逃げ遅れたお雪は洋楼館の客席で子供を抱えて倒れていた。信夫は二人を両脇に抱え、火のついた洋楼館から飛び出した。入ったときには燃えていなかった扉も出るときには火が回っており、信夫は火のついた扉を必死で蹴り続けた。不思議と熱さは感じなかったが右足から肉の焦げる匂いがした。

火は見る見る勢いを増し、やがて竜巻のように渦を巻いて六区を飲み込んでいく。自転車や看板を軽々と巻き上げていく火の旋風の中に、人々が声もなく引き摺り込まれる。一瞬でも躊躇したら火に喰われる、お雪と子供を抱えながら信夫は走り続けた。

右足は時間が経つにつれて、思い出したように痛み出し、信夫の額から粘っこい汗が流れる。

「……ん……んっ」

ゴザに横たわっていたお雪が眉を寄せて苦しそうに咳き込む。信夫が手を貸してお雪の体を起こし、背中をさする。隣にいた家族連れから水を分けてもらい、湯呑を震えるお雪の指に握らせた。湯呑は小刻みに揺れ、中の水面が波紋を描いている。

お雪は前を向いたまま何も喋らない。

大声で誰かの名を呼ぶ者、食べ物を奪い合って殴り合う者、血を流す者、懸命にその血を止めようとする者、泣きながら肩を寄せ合う者がお雪の前を通り過ぎていく。道を挟んだ向こう側では着物が半分焼かれた母親が子供を背負っている。まだ小さな子供は首を後ろに倒して目を閉じ、両腕をだらりと垂らしている。母親は通りすがりの人に医者はいないか、と尋ねる。通行人の一人が立ち止まり、背中の子供を見ると、気の毒そうに下を向いて立ち去る。

「……そうだ……あの子は」

お雪が信夫を見る。信夫が「大丈夫だよ、ほら」と後ろを振り返ると、子供が親指を口にくわえて寝ている。安堵の息を吐いて、お雪が子供の頭を撫でる。この子供は？　親は？　と信夫は尋ねたが、お雪は子供を見つめたまま首を横に振り、信夫もそれ以上は聞くのをやめた。

　横浜は激しく燃えていた。通りは人で溢れ、家財道具を載せた大八車や馬車が鮨詰め状態になり前に進めない。火の粉が荷物に燃え移り、さらに火災を広げていく。火から逃れる人々、暴れる馬に蹴られる者、その混乱の中を鈴江は走る。

が、いよいよ鈴江の足も止まる。もう走る体力はない、このまま走っていては浅草まで足がもつまい。速度を緩め、しばらく歩いていると川があり避難した人々が土手に集まっていた。鈴江は人々の隙間を縫って土手を降りて川に顔をつけ水を啜った。たらふく水を飲んでから両手で水を顔に被り、そのまま髪の毛を濡らし熱くなった体を冷やすと尽きかけていた英気がわずかに戻る。

　足が痛い。見ると左の白い運動靴の先が赤黒くなっている。千代を助けるときに瓦礫に潰された爪先から血が出ていた。冷やそうと足を川に突っ込むと、何かがぶつかる。女の頭だった。うつぶせに流されてきた女の死体。その頭に足がぶつかり、女の長い髪が鈴江の右足に絡みつく。

鈴江は、咄嗟に足を引く。暗い川に目を凝らすと、焼け焦げた服をまとう女の死体が流れている。その先にも無数の死体が流れている。先ほど、たらふく飲んだ川の水を吐き出そうと鈴江は喉に指を突っ込むが、乾ききった体がやっと手に入れた潤いを簡単に手放すはずもない。

「おい」

背後から男の声がした。振り返ると鈴江の顔を懐中電灯が照らす。男はさらに鈴江の全身を照らすと両脇にいる二人の男と目を合わせる。男たちは地元の自警団か、おそろいの紺色の半被を羽織り、手には木刀やら刺身包丁やら物騒なものを手にしている。

「どこから来た？」

刺身包丁を持った男が、一歩前に出て刃先を向けながら鈴江に問う。声の調子からして決して歓迎されていないことはわかる。黙っていると、男はしゃがんでいる鈴江の腹を蹴り上げる。その勢いで仰向けになった鈴江の傍に寄り、男が髪を摑み上げ顔を近づけた。

「どこから来たかって聞いてんだよ」

「か、神奈川刑務所」

そう答えると、男は「やっぱり」と勝ち誇ったように鈴江の髪の毛を引っ張りながら、その顔を仲間たちに晒す。「神奈川刑務所だってよ」と言い、鈴江の頭を地面にぶつけるようにして手を離す。倒れた鈴江は、二人の男に両腕を掴まれ立たされ、引きずるように連れていかれる。

「ほら、どけ！ 道を開けろ！」

懐中電灯の男を先頭に、人混みを掻き分けながら鈴江を見せつけるように男たちが闊歩する。見物人から「脱獄犯」という単語が聞こえ、鈴江は自分の状況がわかってきた。どうやら崩壊した刑務所から脱獄した囚人だと思われている。

「脱獄したんじゃない」

「は？」

「一時的に解放されたんだ」

「馬鹿言え。どこの刑務所がこんな騒ぎの中、お前らみたいな連中を解放するんだ」

「本当さ、確認してもらって構わない」

「おう。これから警察に引き渡すからじっくり聞いてやるよ」と男が失笑する。

鈴江は懇願する。本当に解放されたのさ、そういう法律があるんだ、これから浅草に行かなきゃならないから警察に行く時間はない、頼むから、頼むから。

しかし、いくら鈴江が説明しても男たちは耳を貸さない。

「強盗に放火に殺人、お友達は刑務所を逃げ出して随分と好き勝手やってるみてぇだな。お前は何をしたんだ？　盗みか？　殺しか？」

「だから違うって言ってんだろ！」

鈴江が声を張り上げると、「おい」と懐中電灯の男が頬を摑み、「口の利き方に気をつけろよ」と低い声で言った。顔に突きつけられた懐中電灯が、鈴江の目元を強く照らす。すると腕を押さえていた男が「こいつ、意外といい女っすね」と本を開いたようなハの字に広がった前歯を見せる。男たちが何も言わずに、目を合わせ、何かを取り決めた。

――ちょっと寄り道していくか、と鈴江は男たちに倒壊した家の庭先に連れていかれた。倒れた灯籠に鈴江を座らせ、男たちが順番を決めるじゃんけんを始める。あいこが続き、男たちが下卑た笑い声を上げる。八の字前歯の男は気持ちが先走っているのか、股間がすでに膨らみ、それを仲間に指摘され恥ずかしそうに笑う。

はしゃぐ男たちは気がついていない、鈴江の足元には欠けた灯籠の破片が落ちていることを。鈴江は男たちから目を離さぬよう、その拳二個分ほどの破片を足で引き寄せる。刺身包丁の男がじゃんけんを制して一番を勝ち取り勝利の雄たけびを上げた瞬間、その側頭部へ破片を振り下ろした。男は指をチョキの形にしたまま倒れる。鈴江は地面に落ちた刺身包丁を取り上げ、八の字前歯の男の背後に回り首元へ突き当てる。懐中電灯の男が慌てて手に持っていた木刀を振り上げると、

「刺すよ」

鈴江が男の首元に刃先をめり込ませる。血の筋が首を流れる。脅しではなかった。むしろ刃先を奥に刺し込まぬよう自制するほうが鈴江にとってはよっぽど難しかった。この惨状に紛れて女を犯そうなんて輩を生かしておく必要がどこにある？　殺しちまったほうがウンと世のため、人のためじゃないか。神様か仏様か知らないけども、殺す人間を間違えてるんじゃないか？　地震で殺すなら善良な市民じゃなくって、こういう馬鹿な連中を殺せばいいのに。

「やめて！　やめて！　やめて！」

八の字前歯の男が素っ頓狂な声を上げると、仲間は木刀を地面に置き両手を上げる。鈴江は刃を首に当てたまま、後ずさりして家の前の通りへ出ていく。仲間が追ってこないか用心しながら人気(ひとけ)のある通りへ近づき、安全そうな場所まで来たところで男の耳元に口を寄せる。

「本当は殺したって構わないんだけどね、私も先を急ぐから今日は勘弁してあげるよ」

「あ、ありがとうございます！」

「けど、このままサヨナラってんじゃ私も納得いかないんだよ」

「すいません！　もう二度としませんから、どうか！　どうかお許しを」

「あんた、この声を忘れるんじゃないよ」

「え？　あ、はい、忘れません」

「――もう聞けなくなるからね」

「はい？」

そう言うと鈴江は男の耳を引っ張り、その根元に刺身包丁をあてがい力を込めた。

あたりが少し明るくなり始めて信夫は目を覚ました。相変わらず空は黒煙で覆われているが、周囲の大きな炎は収まっている、というより全てが燃え尽くされていた。燃やせるものは何も残っていない。

浅草寺の境内では炊き出しが行われ、避難者が列を作っている。隣にいたはずのお雪と子供がいないので信夫は炊き出しの列を最初から最後まで確認したが二人の姿は見当たらなかった。

境内を一通り見回り、入れ違いになったかもしれないと元の場所に戻り、しばらく待ってみたがやはりお雪は戻ってこない。信夫は心配になり六区へと向かった。

六区の通りは全滅していた。通りの両脇、全ての建物が焼け崩れている。崩れた残骸の中には炭のように黒く焦げた人の亡骸がいくつもある。身内だろうか、それらの死体を確認する者もいれば、金になりそうな物を物色している輩、さらに昨日の今日だというのに、道端では線香や献花を売る者までいて、信夫は死体よりもそんな連中のほうがよっぽど気味悪かった。

洋楼館も例外なく焼け落ちていた。ひょっとしたらお雪が来ているかも、という信夫の勘は外れ、洋楼館の前には誰もいなかった。お雪がいないことには落胆したが、辻崎らしき死体がないことに胸を撫でおろす。昨日はお雪を助け出すのに必死だったので確認できなかったが、あの後、辻崎は逃げ切れたらしい。ほっとして信夫は瓦礫に腰を下ろす。

その目線の先に人影が浮かぶ。怪我人か、足を引きずりながら今にも倒れそうに歩く人影がゆっくりと洋楼館へと近づくにつれて、その姿が徐々に見えてくる。誰かに似ていると思ったが、そんなわけないと信夫は首を振る。しかし、近づけば近づくほど疑問は確信に変わる。

「鈴江！」

信夫が鈴江のもとへと駆け寄る。信夫を目にすると疲弊しきった鈴江がそのまま体を信夫に預ける。

「おい！　どうしたんだよ!?　なんでここにいるんだよ」

「……お雪は……お雪はどこ」

入谷にある福子の家は跡形もなく燃えていた。まだわずかな残り火がところどころで燃え、黒く炭化した木材が白い煙を上げている、その前でお雪が子供と手をつなぎ立ち尽くす。

きっと逃げられたはず。二人は大丈夫。どこかに避難している、そうお雪は自分に言い聞かせる。今ここで泣いたら、それこそ二人が永遠に帰ってこないような気がしてならない。思わず手を強く握ると、子供がお雪の顔を見る。

子供はハルミという名前らしかった。まだ自分の名前は言えないようで、お雪が聞いても答えられなかったが、薄紅の着物の衿裏に「ハルミ」と縫ってあった。その名で呼ぶと、表情が柔らかくなった気がした。お雪が屈み、ハルミに目線を合わせる。

「ハルミ、お父さんはどこ？　家はどこ？　わかる？」

ハルミは黙ってお雪を見つめるだけで何も答えない。

だが、もし仮に答えられたとしても何になるのか。その家はどうなっているのか、父親はどうなっているのか、ハルミを無事に帰すことができるのかお雪にはわからない。

「おーい！　お雪！」

声のほうへ振り向くと鈴江を背中におぶった信夫が歩いてくる。お雪がハルミの手を引いて二人のもとへと駆け寄る。

「やっぱり、ここにいたか」

信夫は福子の家を見て、目を閉じると奥歯を嚙んだ。

「逃げられたのか？　二人は」

そう言ってから信夫はお雪の返事を待たずに、

「大丈夫だろ。アイツらなら。な？」

と自分に言って聞かせた。

「鈴江さん、どうしてここに？」

お雪が鈴江に驚くと、鈴江は信夫の背中から降りてお雪の肩に手を乗せ抱き寄せる。

「行こう、お雪。千代が待ってる」

「え」

行きながら説明する、とにかく時間がないから今すぐ行こう、と鈴江がお雪の目を見る。状況はわからないが、鈴江の目に疑う余地はない。

「けど、この子を置いて行くわけには……」

「この子は？」

鈴江がハルミを見る。お雪が口を開こうとすると、

「置いて行くわけにはいかねぇから、とりあえず一緒に連れて行くぞ。急ぐんだろ？」

話に割って入って信夫がしゃがみ込み、鈴江に背中に乗るよう促す。

「大丈夫だよ、歩くから。あんたも足やられてんだろ」

「へっ。こんなもん何てこたぁねぇよ。車夫の脚を舐めんな」

鈴江を信夫がおぶり、ハルミをお雪がおぶり歩き出す。

決められた二十四時間まで半日もあるというのに、刑務所へ戻ってくる囚人たちがちらほらと現れ始める。意気揚々と町に出たものの、目の前にあるのは刑務所に来る以前の町とは違って瓦礫と死体ばかりだった。これならば刑務所で仲間たちといたほうがまだよい、と判断したのだろう。

帰ってきた者たちは、刑務所に残り復旧作業に当たっていた有志を手伝い、手分け

をしながら怪我人の手当てや、食べ物の調達に近所に向かった。

囚人たちがバラックと木材を使い、急ごしらえで組み上げた日除けの下に怪我人は移された。

左肩の痛みはもうない。先ほどまであった寒気も消え、千代は体中が温かく心地よくさえ感じている。その千代の手をペロペロと何かが舐める。薄目越しにハァハァと荒い息を吐きながら尻尾を振っている影が浮かぶ。

ブンだった。

薄茶色にところどころ黒い斑点模様のブンが楽しそうに千代の周囲を駆け回り、顔を舐めてくる。くすぐったいよ、ブン。千代が微笑む。

ブン、どこにいたの？　探していたのに。鈴江さんも会いたがってるよ。

あ、そういえば鈴江さん、どこにいるんだろう。

どこかに行くって言って、まだ帰らない。せっかくブンが来てくれたのに。

たしか浅草に行くって言ってた。何しに行くのかしら、浅草なんて。

私に待つように言ってた。なんで待たなきゃいけないの、もう眠いのに。

もう疲れたから私、眠りたい。

ね？　ブンも一緒に寝よう。どうしたのブン？　なんでそんなに吠えるの？

吠えたら眠れないよ、私……。

「！」

千代が目を開く。ブンはいない。


いくら歩いても、どこを見渡しても終わらない。もしかしたら世界中がこうなってしまったのではないかとお雪は思った。密集していた家々は潰れて燃え、跡形もなくなり、ずっと先まで見渡せる。ところどころに残る鉄筋の建物も崩れ、中の鉄筋は熱せられ飴細工のように垂れ下がっている。

道中、お雪たちは被害の少なそうな民家の戸口を叩いては、水や食べ物を分けて貰いながら歩き続けた。人形町の民家では横浜まで行く旨を話すと、「食べ物はないが、よかったら使ってくれ」と大八車を貸してくれた。必ず返しに来ます、と頭を下げて鈴江とハルミを荷台に乗せ、信夫が引き、後ろからお雪が押した。

東海道は避難する者で溢れている。荷物を担いだ者、服が焼けて裸同然のような者、まるで家財道具を全て載せたかのように簞笥やら布団やらを大八車に積んでいる者。その中を進む信夫の引く大八車の荷台で、さっきまで泣き続けていたハルミと、それをあやしていた鈴江は疲れ果てて眠っている。

北品川に近づいてきたあたりで信夫が、「少しいいか？　すぐ済むから」と脇道に逸れた。品川界隈は不思議と被害が少なかった。崩れている家もあるにはあるが、何よりも奇跡的に火の手が回らなかったことが幸いして、平然と建っている家も少なくない。

品川神社を右手に路地を進んで一軒の家の前で信夫は立ち止まった。父親が死んでから母親に兵助とともに引き取られた家だった。

「ここは？」

「俺の家だ。俺と兄貴が育ったとこよ」

家を見たまま信夫がお雪に答える。

「といっても、最後に顔を出したのはいつだったか忘れちまったぐらいだけどな」

そう言うと信夫は大八車の頭を回して、元の道へと向かおうとする。

「おじちゃん、いいの？」

「おう。家も無事だったし、これだったら大丈夫だろ」

そのまま行こうとする信夫の背中に、その場に立ち止まったままのお雪が声を掛ける。

「ダメ。行ってきて。ちゃんと無事かどうか見てきて」

「いや、別に俺はよ……」

「早く」

睨みつけるお雪の気迫に押され、信夫は家の戸を開いた。母親は嫌いではないが、やはり前の父親とともに見捨てられたあの日から遠く感じるようになっていた。再び迎え入れてくれてからは、以前と同じように母親として接してくれたものの、何気ないふとした瞬間、信夫は母親が他人だと思うようになった。母親もきっとそうだった。信夫や兵助のことを嫌いになったわけじゃないが、離れ離れになったあの日、自分の中でケジメをつけてしまっていたのだ。それはお互い様だ。簡単に切れる。血縁など釣り糸にもならない、細く頼りないものだった。

新しい父親は喜八と違って寡黙な男だった。彫り師の仕事をしており、飯と寝る以外の時間はいつも仕事部屋に籠っている。その仕事に信夫は興味が湧かなかったが、兵助は魅せられた。四六時中そばで仕事を眺めてはアレコレと聞いて見様見真似、終いには自分の体に針を刺した。

ある日、父親の仕事部屋からこっそり針を拝借してきた兵助が、

「いいか信夫、まずはこうだ」

そう言ってから父親がやるように針の先を鼻の頭にトントンと当てる。

「こうやって鼻の脂を針につけるだろ？　そうするとスルッと滑って刺さりやすくなるんだよ」

能書きを垂れてから躊躇なく太腿に針を刺して絶叫した。

足を血だらけにした兵助の姿を見てさすがに参ったのか、それ以来、父親は弟子のように兵助の面倒を見て、彫りのイロハを教え込んだ。

——戸口を開いて、信夫が土間に立ったまま声を掛けると奥から思いがけぬ者が現れる。

「あら、信夫!?」

頭に手拭いを巻いた割烹着姿の福子だった。

「え、お前どうしてここに？」

その質問に答える前に、信夫の奥に立つお雪を福子が見つける。

「お雪！　お雪じゃないの！　あんた無事だったの!?」

土間を素足のまま駆け降りた福子が、信夫を撥ね除けてお雪に抱きつく。お雪もそれに応えて、福子の胸に顔を埋める。

「どこに居たのさ、あんた。劇場も燃えちゃってるし、あんたらの家も潰れちゃってるし。もう私は死んじゃったと思って……」

福子が声を詰まらせる。

「そりゃ、俺たちの台詞だぜ。お前らの家があんな風になってるから俺はてっきり……」

信夫の言葉を待たずに福子が、

「タコ助！　こっち来てみな！　タコー!!」

両隣三軒まで届きそうな大声で奥の部屋に呼びかけると、「なんだよ、うるせぇな。こっちは怪我人なんだからよぉ」とブツクサ言いながら、頭に包帯を巻いた褌姿のタコ助が現れる。

意識は途切れ途切れに、いま自分が寝ていたのか気を失っていたのか、千代自身にもわからない。

千代の隣で若い女の囚人が歌っている。『春は嬉しや』、四季を通して好き合う男女を歌った小唄で、千代が遊郭のときによく歌っていた曲だ。若い子なのに、よくこんな曲を知っている。それに弾むような歌声が心地よく、千代が感心していると看守がやってきてその女を担架に乗せ、上からゴザを掛ける。

「あっ」

「どうした？」

看守がしゃがみ込み耳を寄せると、

「……その人……まだ生きてます」

と千代が答える。看守が驚いてゴザをめくると、右頭部が赤黒く染まった若い女が目を閉じて横たわっている。看守は改めて死亡を確認してからゴザを掛け、女を運ぶ。

――次、あの担架に乗るのは私かもしれない。

さっきから何度も鈴江の声を聞いている。意識がなくなりそうになると、遠くのほうから鈴江の「千代、さっさと起きな！」という声で目が覚める。なぜかそれは遊郭の頃の鈴江の声だった。まだ十六か十七、一つ屋根の下に住んでいた頃の鈴江が冬の寒い朝、もう少し寝かせてと甘える千代の布団を剝がして、馬乗りに千代の頰を両手で引っ張る。やられた千代も仕返しにやり返して大騒ぎして同部屋の姉さんによく叱られた、あの頃の鈴江だ。

けど、あの日の朝は違った。いつだって強くて頼もしい鈴江だったが、初めて客と夜を過ごした次の日の朝方、大部屋で寝ていると襖が開き、下を向いた鈴江が帰ってきた。すぐに寝られるようにと、千代が前の晩に敷いておいた布団に入ると、掛け布団を頭まで被って鈴江は嗚咽を漏らした。必死に堪えても、締め付けた喉の奥から声が漏れてきた。

千代は鈴江の布団に体を滑り込ませ、後ろから抱きしめた。

鈴江が泣きながらその手を握り締め、一旦は落ち着いたものの、振り返り、目を潤ませながらも微笑もうとする千代の顔を見たら再び泣きたくなって、千代の胸に顔を埋めた。それ以前も、それからも、逆は何度もあったが、鈴江が千代に抱かれて泣いたのはこの一度きりだった。

多摩川を越えたあたりから人々の向かう方向がそれぞれに散り、道は幾分空き始めた。お雪たちは順調に歩みを進め、横浜港近くまで来た。

信夫は、家の中はさすがに荒れていたが幸いにして無傷で済んだ両親に顔を見せてから、帰りにまた寄ると約束をして、再び大八車を引いた。荷台には鈴江とお雪が座り、後ろから福子が押す。信夫から事情を聞いた福子は迷わず同行すると言って、押し手を買って出た。

「大丈夫かな、タコちゃん」

お雪がタコ助に預けたハルミを案じる。

「平気よ。ああ見えてアイツは馬鹿だけど……うーん、やっぱただの馬鹿だね」

福子が笑う。

ま、親もいるから大丈夫だろ、と先頭の信夫が心配するお雪に声をかけてから、

「ちょっと待ってくれ」と立ち止まって右足をさする。火傷(やけど)を負った足で浅草から半日歩き続け、さすがに右足が動かなくなってきた。大丈夫？　と荷台から降りようと

するお雪を制して、鈴江が先頭を買って出る。休んでなよ、というお雪の言葉に、「もう十分さ。ほら、乗りな」と言って信夫を荷台に乗せてから鈴江が大八車を引き始める。

「それにしてもよく助かったな、家は滅茶苦茶だったじゃねぇか」

荷台で右足を摩りながら信夫が福子に話しかける。

「運がよかったのよ。アイツは馬鹿だけど運はいいでしょ?」

福子が答えると、そうかもな、と信夫が相槌を打つ。

頭を打ったタコ助を膝に乗せると、再び家が大きく揺れて柱が崩れた。さすがに福子も駄目だと諦めて目を閉じたが、畳が抜けて二人は床下に転げ落ち、そのまま地面を這いずり難を逃れた。福子はタコ助を担ぎながら、お雪らの姿を探すも劇場や家の惨状を見て、膝から崩れ落ちた。そして悲しむのも束の間、火の渦に飲み込まれていく浅草から逃げるようにして向かった先がタコ助の実家であり、そこでお雪らと再会を果たしたのだった。

「その体が役に立ったな？　そんだけの重石があればそりゃ畳も抜けるぜ。へへへ」

信夫が笑うと、福子が「ちょっとお雪、こいつの怪我してる足、嚙みついてやってよ」と冗談めかしてお雪を笑わせた。

——その様子を楽しげに聞いていたはずの鈴江が突然倒れた。先導を失った大八車が前のめりに傾き、持ち手が地面に擦れる。危うく荷台から落ちそうになったお雪を信夫が押さえ「どうした!?」と鈴江に声を掛ける。鈴江はうつ伏せに蹲(うずくま)ったまま何も答えない。

正面から来た男とぶつかった瞬間、鈴江は腹に強い衝撃を受けた。倒れた鈴江が腹を押さえると、その手が赤く染まっている。倒れたまま、振り返ると少し離れたところで小刻みに震える手で刃物を持つ男が立っている。男は右耳に赤黒く染まった包帯を巻いている。

昨夜の男だった。

鈴江が神奈川刑務所に戻ることを見越して、待ち伏せをしていたのか。やっぱり、あのとき首に刺してやればよかった。後悔する鈴江を尻目に男は青白い顔をして走り去っていく。

「なんだよ、これ……」

鈴江の腹から流れる血が地面に広がるのを見て信夫があたりを見回す。遠くに走り去る男の姿を捉えて一旦は追いかけようとするも、この状態の鈴江を放っておくことはできない。今は鈴江をどうにかしなければ。お雪が泣き叫びながら、鈴江の腹を必死に押さえる。

「ダメ！　止まらない！」

「医者だ！　医者！」

鈴江を荷台に乗せて一行は走る。しかし、医者を探そうにもなんの手がかりもない。横浜港界隈は甚大な被害を受け、建物はほぼ崩壊しているか、燃え尽きている。いくら走っても、いくら尋ねても、医者に辿り着ける気配はない。その間にも鈴江の血は流れ出ていき荷台に広がっていく。

「ちょっと待って！」

二階部分は燃えているが、一階部分はかろうじて形を保っている一軒の呉服店でお雪は足を止める。誰もいない店内に入ると、お雪は草履(ぞうり)を履いたまま棚が崩れ着物や反物が散乱した店内を漁る。

「何してんだよ！」

苛立った様子の信夫が土間から声を上げると、店の奥からお雪が駆けてくる。

「福ちゃん、これ！」

お雪は手に持った針と糸を福子に見せる。

「なによ、それ？」

「これで縫って」

「……えっ。縫うって」

「お裁縫、得意でしょ!?　鈴江さんを助けるにはそれしかない」

「けど……」

得意と言ったって当然、人の傷口など縫ったことはない。いくら肝っ玉の据わった福子でもおいそれとできるわけがない。

「どうなんだよ？　やれんのか？」

「……。」

答えない福子に苛立った信夫がハンチングを取り、頭を掻きむしる。

「おい！　どうなんだって言ってんだよ！」

福子が手で顔を強く拭ってから、荷台の鈴江を見る。そして、信夫、お雪の順に。

お雪が真っ直ぐにその目を見返す。

「……わかったよ」

荷台の鈴江を抱え、店内に運び込む。福子は針に糸を通そうとするも手が震えて穴に入らず、前屈みになって手を床に押しつけるようにしてどうにか糸を通す。

福子が鈴江の真っ赤に染まった服を捲り、血が流れ出る脇腹の傷口を塞ぐように慎重に指で摘むも、血で滑って上手く摑めない。

隣で見ていたお雪が、着物で傷口を拭いてから両手で傷口を押さえる。

「早く!」

唇を一文字にして鼻息を荒くした福子が、針の先を鼻の頭にトントンと当てる。

「それ意味あんのかい?」と兵助を散々、揶揄っていた、そのおまじないに頼った。恐る恐る傷口に針を刺すと、一瞬、抵抗した皮膚が諦めて針を受け入れる。スルリと入った針に鈴江が声をあげる。

「鈴江! 大丈夫か!?」

信夫が鈴江の手を取ると、鈴江は頷き、手探りで手に取った反物を口に咥えて歯を食い縛る。三、四センチはあるであろう傷に針を通すたびに鈴江は呻き、信夫の手を強く握りしめる。そして最後の十二針目を刺すと同時に、鈴江は気を失ってしまった。

――傷口の血はどうにか止まったが、後はどうなるかわからない。体中から力が抜け福子とお雪が放心状態でへたり込んでいると、店の奥を物色していた信夫が日本酒の入った一升瓶を持ってきて、それを鈴江の傷口にたっぷり掛けてから、そのまま二口、三口とラッパ飲みすると、「私にも頂戴よ」と言って、福子が残りを一気に飲み干す。

「悪いけど、私はもう動けないよ」

「おう、ご苦労さん。休んどけ」

今、下手に鈴江を動かしたんじゃ助かるもんも助からねぇ。俺たちはここでしばらく鈴江の様子を見るとするか。刑務所の連中には後からちゃんと説明すりゃ大丈夫だろ。

「一人で行けるか？」

信夫に尋ねられたお雪が大きく頷く。

そっと千代の頰に手が添えられた。もう随分と前から光はない。目を開いても何も入らない、そもそも開いているのか、開こうとしているのか。けど、その手に触れられた瞬間にそれが待ち望んでいたものだと千代にはわかった。

最初は片手が右頰に添えられ、次にもう片方の頰にも手が添えられた。手は温かく、優しく頰を包み、ずっと不安だった気持ちがそれだけで消えてなくなった。次におでこにおでこが当てられた。鼻先をかすめる頰は懐かしい匂いがして、夜、一緒の布団に入って眠っていたことを思い出した。千代はあの時間が大好きだった。遊んで、歌って、疲れ果てて布団の中で眠りにつくその瞬間、その顔を見るのが大好きだった。愛おしくて堪らなくて、眠りから起こさぬように、こっそりとおでこをおでこに寄せた。

頬に温かい雫がぽたぽたと当たる。

その雫を指が拭うと、今度は両腕で抱かれた。肩に顔を寄せて抱きしめられている。長い髪が千代の頬にかかる。何度も梳かした少し癖っ毛のあの髪。

次に手を握られる。両手で握り、顔に寄せている。千代の指先に唇が当たる。唇が動いて何かを言おうとしていることはわかるが、もう千代には音もない。

けど感じる。千代の隣に横たわり、寄り添っている姿を。千代は不安も寂しさも感じずにいた。千代の周りに優しくて温かな雪が降り積もっている。

やがて耳元から歌が聞こえてきた。

なんという歌だったか思い出せないが、あの歌。

雨の日、何度も口ずさんだあの歌。雷が怖くて泣いていても、背中をポンポンと叩きながら、これを歌えばいつの間にか静かになっている。ヒックヒックと泣いているのか、寝ているのか、その顔が可笑しくて千代はずっと見ていた。

あの頃は歌っていたが、今は千代がそれを歌ってもらっている。歌ってもらって、こんなにも落ち着くことを知る。歌が寄り添い、千代を抱きしめてくれた。どしゃ降りの雨も、激しい雷もどこかへ消えていくように。

やがて歌は眩しく光り、目の前を明るく照らす。歌が色をつけ、歌が花を咲かせる。

そして千代は送られる、大好きなその歌声に運ばれて。

焼け崩れた洋楼館の前にお雪は立っている。隣にいるハルミの手を握りながら、瓦礫の隙間にあるわずかな足場を伝って慎重に歩く。

来るつもりはなかった。見たってただ辛くなるだけなのはわかりきっていることだから。けど、ハルミと散歩をしていたら自然と足が向いていた。

おそらくはもともとステージがあったであろう場所に二人はいる。お雪はそこに立って瓦礫の客席を見つめている。ハルミが不思議そうに足元を見て、爪先でチョンチョンと床を叩き、お雪の顔を見上げる。お雪も気がつかなかったが耳を澄ますと下から僅かに弦の軋む音がして、倒れたアップライトピアノの上に自分たちがいることに気がついた。

埋もれたピアノを出そうと瓦礫をどかし、起こそうとしたが、アップライトとはいえ一人では至難であった。何度か試みていると、隣で一緒に起こそうとピアノに手をかけたのは辻崎だった。

　ピアノを起こすと、その下に隠れるように辻崎の見慣れた鞄があった。深茶色の革で覆われたその鞄は表面こそ煤（すす）だらけであったが、中から無傷のバイオリンが姿を現し、辻崎は目を赤くしてそのバイオリンを愛でる。

　お雪が起き上がったピアノの蓋を開け、鍵盤にそっと指を置くと少し調子の狂った音色が響く。音を確かめるようにしてお雪がそれぞれの鍵盤を叩くと、辻崎がバイオリンを弾き始める。調子の狂った音たちが徐々に歩み寄り、手を取り合って小刻みなリズムで跳ねていく。音が音を呼び、いくつもの音が重なり六区の通りへと響くと、下を向いて歩いていた通行人の一人が立ち止まり、その音色に聞き入る。また一人、また一人と。

　お雪が席を立って歌い出しても、ピアノは旋律を奏で続ける。

　お雪が歌いながら舞うと瓦礫が消え、お雪が触れると焼け尽きた柱が命を取り戻し、お雪が歩くと一歩ずつステージに艶のある木目が現れ、そのステージでお雪がくるりと回ると目の前に超満員の客席が広がる。

六区は生き返った。浅草が、日本が再び歌う。

楽団員が激しく演奏している中、曲に負けじと歌って踊る役者たち。客席には酔ったタコ助がタコ踊りをして福子に尻を叩かれている。それを見て大笑いの信夫と鈴江の間にいるハルミが「お母さん！　日本一！」と声をあげて紙吹雪を撒く。

紙吹雪の中を舞うお雪が客席に向かって大きく手を広げる。

さぁー、みなさんご一緒に！
王様は　ルンタッタ　ルンタッタ
いつも　ルンタッタ　ルンタッタ　タッタラー　ハイ！

解説

小針侑起

かつて日本には浅草を舞台にした「浅草文学」が存在した。永井荷風、久保田万太郎、川端康成、サトウハチロー、高見順、野一色幹夫……、廃れて久しい浅草文学史の最後に劇団ひとり氏の名前が位置する。映画『浅草キッド』の監督として浅草芸人の悲哀を描き、そして本作『浅草ルンタッタ』という浅草文学のヒット作を放った劇団ひとり氏は現代浅草文化の功労者ともいうべきであろう。

劇団ひとり氏は近代の浅草における置屋を舞台に、当時のオペラ公演や町の様子を鮮やかに描いている。最高に興味深くも複雑な世界を、どこか懐かしさを覚えるようなテンポ良い筆で、当時の人々の様子を描く。読んでいると、女性たちの嬌声や日本髪のおくれ毛、おしろいのにおいが香ってくるようである。

そこで『浅草ルンタッタ』の文庫化にあたり、内容に沿って当時の浅草、色街、そして浅草オペラについて解説したい。

この『浅草ルンタッタ』の主人公たちは、吉原からほど近い地域における非合法の置屋をめぐる人々で構成されている。「燕屋」とはいかにも明治から大正時代にありそうな名称でよく名付けたものと思うが、このモデルとなった場所は浅草・千束（せんぞく）であろう。

現在でも千束は同じ町名で存在しているので、浅草寺を中心としてどの辺りに位置するかイメージしやすい。かつて千束の町は芝・神明町、日本橋・郡代とともに「東京三大淫売窟」といわれた土地であった。ほかにも芝・愛宕（あたご）下、麻布・霞町、渋谷・道玄坂、南千住・新開地、本郷・根津周辺が当時の東京で知られた私娼街で、世相によって盛衰の波が著しく、千束の私娼が最も華やかだった時代は明治後期～大正初期とされ、まさに本書の冒頭部分と時代が合致する。１９１６（大正５）年５月に行われた私娼撲滅運動によって千束の私娼街は衰退したが、それは気休めでしかなく１９

19（大正8）年7月には千束の私娼だけで800人を数えて、一時期はほぼ隣接する吉原を凌駕する人数の私娼が集まっていたともされている。

本書中でも燕屋が表向きは花屋であったように、明治初年には矢場（小弓で的を射る遊戯場）でお客をとる矢場女が主流であったが、日露戦争前後（1905年頃）には飲み屋を表向きとした「銘酒屋」、そして店内で新聞を読める体の「新聞縦覧所」という名称で商売が行われるようになったほか、屋台のおでん屋で客を引いたり、少し時代が下った頃には表向きは造花屋の看板で商売を行ったケースもみられる。

なぜここまで私娼が隆盛を極めたかというと、政府公認の吉原遊廓の超一流店において宿泊する場合の最高額が17円だった1930（昭和5）年頃、同時期の玉の井・亀戸では3〜5円だったそうだ。本書のモデルとなった時代より少々下るので参考まではあるが、遊廓と非合法の私娼街では金額にこれだけの差があったことが、ひとつの要因だったということができよう。

1926（大正15）年に行われた代表的な私娼街のひとつ、玉の井の私娼を対象とした調査によれば、17〜41歳の私娼が商売を行っていたとあるが、大正中期の千束でもそう変わらなかっただろう。本書に登場する鈴江の前職が吉原の娼妓だったように、水商売や芸娼妓出身者もいたようだ。ではなぜ、合法の娼妓が非合法の私娼に身を落としたのかというと、鈴江がそうであるように、前職で事件を起こしたり、借金を踏み倒したりするなど、主（あるじ）に損害を与えた場合は各組合に通知が行われブラックリストに掲載されるため、芸娼妓を生業とすることができなくなるのであった。

また私娼の前職で最も多いのは農業、女工などで、芸娼妓紹介業者（女衒（ぜげん））の「高々五百圓位ひの借金なら一年か二年も苦しめば稼ぎ抜けが出來る」（『女給と賣笑婦』）と上手い口車に乗せられて私娼へと身を落とし、結局はその世界から抜け出ることができなくなってしまうのである。

当時の記録によれば、

「根が賣淫といふ犯罪行爲であるから、主人からどんな虐待を受けても訴へることも出來ず、死ぬやうな目にあひながらも、いつまでも〱この闇の世界から脱けられないのである」（『新版大東京案内』）

ともある。

全盛を極めていた千束の私娼街であるが、1923(大正12)年9月1日に起こった関東大震災のために浅草から千束、吉原まで家屋倒壊、火の海となって多数の死傷者を出した。そして置屋は一掃されて隅田川向こうの玉の井、亀戸へ移動することになる。昭和に入ってからの玉の井については永井荷風が名作『濹東綺譚』で如実に描いている。

このように浅草寺近隣には千束の私娼街と歴史ある吉原遊廓があり、そして本書の登場人物たちが親しんだ浅草六区がどのような場所だったかを知ることも、本書を読み解くうえで大切なポイントとなる。

浅草六区興行街は浅草寺の西側周辺に位置し、現在でも浅草演芸ホール、浅草フランス座演芸場東洋館、浅草ロック座、ショッピングセンターなどが立ち並ぶ浅草の娯楽街である。そんな浅草六区は明治中期に勃興し、明治後期から昭和戦前期を最盛期としてオペラ、活動写真、歌舞伎、喜劇、新派、新劇、少女歌劇、女義太夫、落語、漫才、安来節、奇術など、当時としては大衆に向けた最新かつ一流の演者による公演が行われた土地であった。

浅草六区が生んだスターは数えきれないが、田谷力三、榎本健一、古川ロッパ、水の江瀧子をはじめ、渥美清、萩本欽一、ビートたけしと多彩だ。その歴史の1ページ目に刻まれているといえるのが、本書のもうひとつのテーマ「浅草オペラ」である。

現在、オペラというと高尚なもので一般庶民に根付いた娯楽とは言い難いが、大正時代の浅草では流行に敏感な若者たちがオペラを聴き、そして口ずさみ、劇場に詰めかけたファン（ペラゴロ）たちは割れんばかりの声援をオペラ俳優たちに送った。このような場面は本書内の風見座、池谷セツ子の登場シーンで描かれているが、大正時代のオペラ俳優は当時のアイドルだったのである。池谷セツ子のモデルは誰なのであろうか。当時浅草で人気を二分した澤モリノ、河合澄子のファンの応援合戦は当時の様子を語るうえで欠かすことができない。

「いよオ。澄ちゃん」「うわあ。モリノ……」「待ってましたッ」「どうする。どうするッ」と昔の堂摺連（どうするれん）の真似をしては声援し、彼等は用意した小旗を振り、扇子を振りかざし、花吹雪を投げ、ゴム風船を飛ばせて声を限りに熱狂するのだ。（『十二階崩壊』)

と作家の今東光は自らの青春時代を回想している。かの川端康成もサトウハチローも浅草オペラに通い、宮澤賢治は当時のスターであった清水金太郎や田谷力三の名を自作の詩に登場させている。浅草は当時のインテリが集う街でもあったのだ。

そもそも明治後期に日本の上層階級の人々によって高級娯楽とすべく行われたオペラ公演であったが、帝国劇場、赤坂ローヤル館とことごとく失敗に終わった。そして、庶民の町・浅草六区で行われたオペラ公演が爆発的にヒットしたため「浅草オペラ」という大正時代を象徴する一大カルチャーが誕生するに至った。浅草オペラでは音楽学校出身者や帝国劇場などでオペラを学んだ者だけではなく、正規に音楽を学んだ経験がない若く美しいアイドルも活躍し、演目も日本人初演の『カルメン』や『蝶々夫人』のような古典オペラからオペレッタ、創作ものまで幅広く上演されている。そしてオペラとは言いつつも、舞踊の割合も同等に含んでいることから、浅草オペラの定義は広い。

本書にも名前が登場する高木徳子は実在の人物。浅草オペラ史のなかではレジェンド的存在の舞踊家で、「世界的バラエチー」という一座を組んでいたこともある。そんな高木徳子が自らの一座で歌舞劇『女軍出征』を上演して浅草オペラの幕開きを華やかに飾ったのが1917（大正6）年のことで、以後、1923（大正12）年9月1日の関東大震災までにオペラの常設館として公演を行ったのは日本館、金龍館などが挙げられるので、本書内に登場する風見座、洋楼館にモデルがあるとするならば、実在のいくつかの劇場をイメージすることができる。

そこで説明したいのが、本書内に登場する「三館共通」である。劇団ひとり氏は、よくぞ浅草六区興行史の中でも今は忘れ去られてしまった言葉をここに使用してくれた。とにかく嬉しい。三館とは、金龍館（オペラ）、常盤座（演劇）、東京倶楽部（活動写真）の隣接する三劇場のことを指し、この三館は渡り廊下で繋がっていたため1回の入場料で行き来が可能という当時としては画期的なシステムであった。この三館を所有していた根岸興行部の創立者の子孫が映画監督の根岸吉太郎である。

そして、これらの劇場が隣接するなかに瓢箪池といわれた大きな池と擂鉢山、そして本書にも登場する「凌雲閣」（通称・十二階）という十二階建ての展望台が聳え立っていた。凌雲閣は1890（明治23）年の竣工で、明治の古い時代には美人コンテストが行われたほか、演芸場などもあったため多くの観光客を呼ぶ東京名所でもあった。しかし、それはガイドブック向けの表向きの顔であり、関東大震災で半壊するまで、階下周辺には千束の私娼街が広がり、時には凌雲閣の中で私娼が観光客の袖を引くなどの様子も見受けられたことから、凌雲閣を「魔塔」などと書いた当時の記事も見受けられる。なお補足になるが、瓢箪池に架かった橋周辺では男娼たちが商売を行っていたともされており、あらゆるものが受容された浅草ならではの様子だったともいえる。

このように、大正時代の浅草は娯楽のすべてが詰まったワンダーランドであった。この『浅草ルンタッタ』の文庫化をきっかけとして、更に大正時代の浅草に注目が集まることを期待したい。

——浅草オペラ研究者

解説参考文献

今和次郎『新版大東京案内』中央公論社　１９２９年
草間八十雄『女給と賣笑婦』汎人社　１９３０年
石角春之助『淺草女裏譚』文人社出版部　１９３０年
澤田順次郎『姦淫及び賣笑婦』新興社　１９３３年
今東光『十二階崩壊』中央公論社　１９７８年
浅草の会『浅草双紙』未央社　１９７８年

『浅草ルンタッタ』参考文献

『あゝ浅草オペラ　写真でたどる魅惑の「インチキ」歌劇』（小針侑起　えにし書房）
『浅草オペラの生活』（内山惣十郎　雄山閣出版）
『浅草オペラ　舞台芸術と娯楽の近代』（杉山千鶴、中野正昭　森話社）
『浅草オペラ物語　歴史、スター、上演記録のすべて』（増井敬二　芸術現代社）
『浅草走馬燈』（一瀬直行　光風社書店）
『関東大震災』（吉村昭　文藝春秋）
『恋はやさしい野辺の花よ　田谷力三と浅草オペラ』（清島利典　大月書店）
『最暗黒の東京』（松原岩五郎　講談社）
『典獄と934人のメロス』（坂本敏夫　講談社）
『日本語オペラの誕生　鷗外・逍遥から浅草オペラまで』（大西由紀　森話社）
『日本の下層社会』（横山源之助　岩波書店）
『文豪たちの関東大震災体験記』（石井正己　小学館）
『私がカルメン　マダム徳子の浅草オペラ』（曽田秀彦　晶文社）

この作品は二〇二二年八月小社より刊行されたものです。

浅草ルンタッタ

劇団ひとり

令和7年1月10日　初版発行

発行人――石原正康
編集人――高部真人
発行所――株式会社幻冬舎
〒151-0051東京都渋谷区千駄ヶ谷4-9-7
電話　03(5411)6222(営業)
　　　03(5411)6211(編集)
公式HP　https://www.gentosha.co.jp/
印刷・製本―株式会社 光邦
装丁者――高橋雅之

幻冬舎文庫

ISBN978-4-344-43447-9　C0193　け-3-3

この本に関するご意見・ご感想は、下記アンケートフォームからお寄せください。
https://www.gentosha.co.jp/e/